Yes, we DANCE

M

ESTHER SANZ

Yes, we DANCE

Destino: Londres

Ilustraciones de Michelle Macias

montena

El papel utilizado para la impresión de este libro ha sido fabricado a partir de madera procedente de bosques y plantaciones gestionadas con los más altos estándares ambientales, garantizando una explotación de los recursos sostenible con el medio ambiente y beneficiosa para las personas. Por este motivo, Greenpeace acredita que este libro cumple los requisitos ambientales y sociales necesarios para ser considerado un libro «amigo de los bosques». El proyecto «Libros amigos de los bosques» promueve la conservación y el uso sostenible de los bosques, en especial de los Bosques Primarios, los últimos bosques vírgenes del planeta.

Papel certificado por el Forest Stewardship Council [FSC]®

MIXTO
Papel procedente de fuentes responsables
FSC® C117695

Primera edición: julio de 2015

Printed in Spain – Impreso en España

ISBN: 978-84-9043-443-7
Depósito legal: B-12.062-2015

Compuesto en Compaginem Llibres, S. L.
Impreso en Novagrafic
Montcada i Reixac (Barcelona)

GT 3 4 4 3 7

Penguin
Random House
Grupo Editorial

A mis cinco stars:
Martina, Violeta, Nora, Valentina y Blanca.
Y también a Andrea,
primera lectora de esta historia.

1

La carta

—¡Por fin vacaciones! —Martina suspiró satisfecha, estirándose en la hamaca—. ¿No es genial, chicas?

A su lado, Sofía y Liu asintieron desde sus respectivas tumbonas con una sonrisa soñadora en los labios.

Aquel era el primer sábado del verano y las tres amigas habían decidido subir un rato a la azotea para broncearse y descansar. El padre de Sofía les había montado incluso una pequeña piscina hinchable para que pudieran remojarse y soportar mejor el calor. Era su regalo por haber aprobado los exámenes... Y no era para menos. Las Saturno Stars habían conseguido no solo ganar el Yes, we Dance de su barrio, sino también pasar a segundo de la ESO con buenas notas. ¿Acaso no merecían un descanso?

Aun así, el verdadero premio estaba por llegar, y era...

¡un viaje a Londres!

«Vacaciones», repitió Martina para sus adentros, saboreando cada letra. Aquellas cuatro sílabas jamás le habían sonado tan excitantes y cargadas de diversión.

Desde hacía años, sus veranos consistían en aburrirse en Ciudad Saturno mientras sus vecinas se marchaban fuera del barrio a algún destino como Tenerife, donde sus padres trabajaban de cocineros seis meses en temporada turística.

Sin embargo, ¡todo iba a ser tan distinto aquel año! Sus amigas y ella irían a Londres a bailar y, con un poco de suerte, conocerían incluso a sus ídolos musicales. Los gemelos Brandon y Brian.

¡Los BB Brothers!

Solo de pensarlo, Martina se ponía a temblar.

—¿No tendríamos que estar ensayando? —preguntó Liu con cierto remordimiento mientras se aplicaba crema protectora factor 50 en las piernas.

Su piel era tan blanca que casi deslumbraba al sol.

Al instante, un aroma a coco perfumó el ambiente.

—Tenemos todo el mes de julio para prepararnos —respondió Sofía levantándose un poco las gafas.

Aunque desconocían la fecha exacta, sabían que la Gran Final se disputaría a principios de agosto en Hyde Park, en Londres... y que, de un momento a otro, recibirían una carta con los billetes y el programa del viaje.

Violeta se asomaba al buzón cada día... ¡varias veces!

—Ojalá estuviera aquí Jimmy —se lamentó Liu—. ¿Cómo vamos a preparar una buena *coreo* sin él?

Martina asintió con tristeza. Hacía dos días que su amigo puertorriqueño se había ido a Londres para ingresar en la New Arts Academy durante el verano, y ya lo echaba de menos. Le había asegurado que se verían allí y que las ayudaría antes de la Gran Final, pero ¿cómo iban a arreglárselas sin él hasta la fecha?

—Mi abuela podría ayudarnos —respondió Martina.

Tras unos segundos de silencio, Liu respondió achinando aún más sus rasgados ojos:

—No te ofendas, Martina, seguro que Fausti fue una gran bailarina del siglo

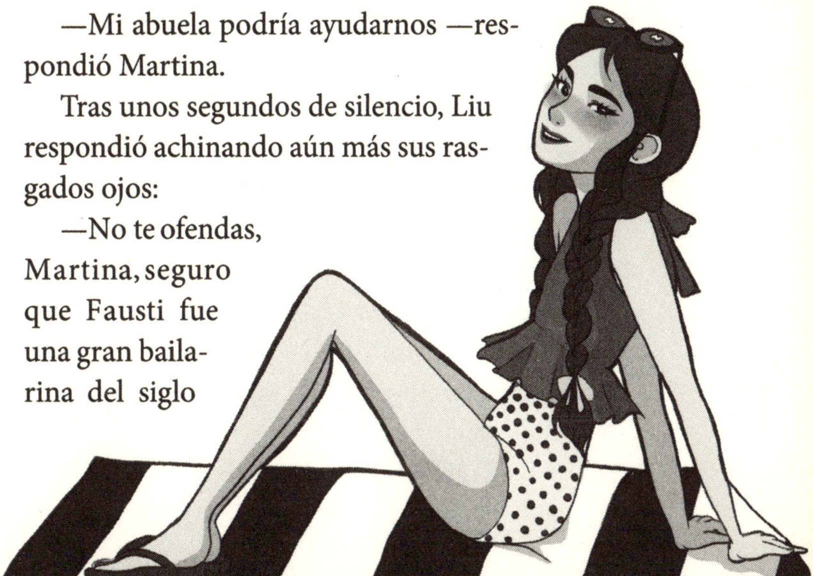

pasado. ¡Yo todavía flipo con que haya sido una *referee*! Pero tu abuela tiene más años que Matusalén... ¡¡¡No sabe lo que se lleva ahora!!!

Martina entendía a su amiga. Hasta hacía unas semanas, su abuela había sido una vieja cascarrabias que protestaba por todo. Especialmente por la música que escuchaban a todo volumen. ¿Cómo iba a entrenarlas para bailar una canción de los BB Brothers?

—Además, falta Yanara —les recordó Sofía—. No podemos empezar los ensayos sin ella y hasta el martes no tiene el examen de recuperación...

La chica fashion había suspendido matemáticas y su madre la había amenazado con no dejarla ir a Londres si no aprobaba.

—Yo de vosotras no sufriría por eso, pringadillas —comentó Violeta burlona desde la puerta—. Aunque ensayarais solas todo el mes, Yanara os seguiría llevando ventaja.

—¿De verdad, enana? —la retó Sofía.

—¡Pues claro! Es la mejor con diferencia —respondió antes de entonar su nuevo hit—: «Con la menda rapeando y la fashion en la banda, ya no hay dudas de quién mola ni tampoco de quién manda».

Las tres se miraron con complicidad antes de meterla en la piscina vestida. Después, entre risas, chapotearon un rato junto a ella hasta empaparla por completo.

—¡Sois unas idiotas! —se quejó Violeta gimoteando—. ¡No sabéis lo que habéis hecho!

A Martina le sorprendió lo afectada que parecía su hermana por un simple remojón y trató de calmarla.

—Solo es un poco de agua... Te secarás enseguida al sol.

—Yo sí —respondió sacando un sobre de su bolsillo—. Pero a ver qué hacemos ahora con esto.

Las Stars se miraron entre confundidas y emocionadas al ver el sello de Londres y la tinta corrida del remitente.

¡Era la carta que habían estado esperando!

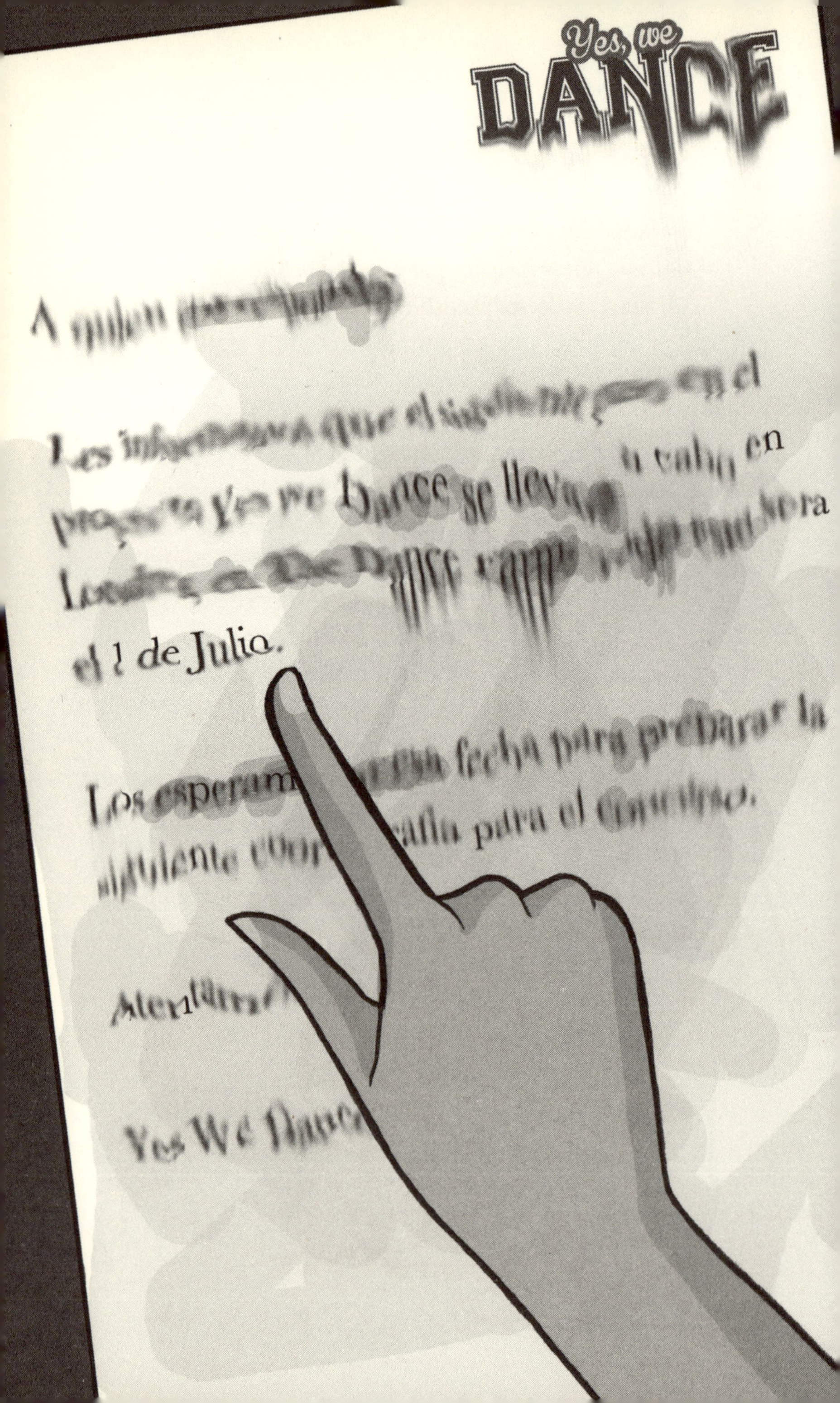
Yes, we
DANCE
el 1 de Julio.

2

The Dance Farm

Pasó un buen rato antes de que las Saturno Stars lograran recomponer el mensaje de la carta mojada con la ayuda de un secador. Habían bajado de la azotea al piso de Martina descalzas y en bañador, dejando un reguero de agua a su paso.

La tinta se había corrido, desdibujando las palabras clave para interpretar el sentido de aquellas líneas. Sin embargo, había una fecha que esclarecía cualquier duda.

—«1 de julio» —repitió Liu temblorosa—. Está clarísimo. ¡Han adelantado la fecha de la Gran Final!

—¡Imposible! —exclamó Liu arrancándole el papel de las manos—. Eso es dentro de cuatro días... ¡No puede ser!

—Debe de tratarse de un error... —añadió Martina con el corazón en un puño—. Es casi un mes antes. ¡No estamos preparadas!

Las bases decían claramente que los grupos no podían repetir la misma coreografía de sus respectivos barrios para competir en Hyde Park. ¿Cómo iban a prepararse un baile con tan poco tiempo? Por no hablar de los trajes, los preparativos, la puesta en escena...

Definitivamente, debía de tratarse de un error.

En aquel momento oyeron abrirse la puerta seguida de un grito de la abuela Fausti.

—¡Niñas del demonio! —refunfuñó dejando el cesto de la compra a un lado—. ¿Se puede saber qué hace el suelo encharcado? ¡Casi me parto la crisma!

Aunque Martina se había secado bien antes de enchufar el secador, su abuela la reprendió con una colleja y un sermón sobre los peligros de electrocutarse.

—Estoy seca, abuela. Solo queríamos descifrar esta carta que nos han mandado desde Londres. Se nos ha mojado sin querer y...

—No ha sido sin querer —la acusó Violeta cruzándose de brazos mientras su ropa mojada chorreaba sobre el parquet—. Han sido ellas, que me han empujado vestida a la piscina y...

—Cállate ya, mocosa, y cámbiate de una vez —la reprendió Fausti—. Seguro que las estabas molestando y han querido comprobar si es cierto eso que te digo yo siempre.

—¿El qué, abuela?

—¡Que no te callas ni debajo del agua!

Las tres amigas soltaron una carcajada mientras la rapera protestaba camino de su habitación.

Aquello sí que era nuevo, pensó Martina, la abuela regañando a Violeta por ser una chivata.

—¿Usted sabe salgo, señora Faustina? —le preguntó Sofía con el tono educado que siempre empleaba con los adultos—. Al fin y al cabo ha sido una *referee*...

—Y tiene contactos en el Ayuntamiento... —añadió Liu, divertida, aludiendo a su amistad con el consejero de Cultura.

Martina no pudo evitar una risita. Todo el edificio les había visto bailar juntos en la azotea la noche de la celebración, pero pocos sabían que aquel «viejo amigo» le había enviado una docena de rosas al día siguiente. Martina y Violeta habían leído a escondidas la notita doblada que adjuntaba: «Para Fausti, la Estrella Polar de Ciudad Saturno. De su gran admirador».

—Pues sí, precisamente vengo de allí ahora mismo —soltó la abuela Fausti como si tal cosa, mientras guardaba la compra en la despensa.

Al momento, las Stars empezaron a brincar y a revolotear a su alrededor.

—¡Cuéntanos, abuela! —le suplicó Violeta saliendo de la habitación, enfundada en su albornoz.

—Os vais dentro de cuatro días... Así que ya podéis ir preparando las maletas.

Las chicas ahogaron un grito y se llevaron las manos a la cabeza.

—Hay otras cosas que deberíamos preparar antes que la maleta, abuela. Como una buena coreografía, unos trajes bonitos... ¡Y no queda tiempo!

Sofía y Liu asintieron preocupadas.

—Tendréis tiempo de todo eso allí.

—¡Pero si la Gran Final es el 1 de julio! —exclamaron sin entender nada.

—Esa es la fecha de vuestro vuelo, pero la competición en Hyde Park sigue siendo el 1 de agosto.

Las cuatro chicas se miraron entre confundidas y aliviadas. ¿Quería decir eso que iban a estar todo un mes en Londres? ¿Haciendo qué? ¿Turismo?

—La organización del concurso ha premiado a los grupos ganadores con una beca de baile para el mes de julio —les explicó Faustina—. Quieren que

os forméis, que os preparéis bien para que suba el nivel de la competición y se monte un gran espectáculo en la final.

Los gritos de las Stars provocaron que la anciana callara durante unos segundos.

Cuando se calmaron, continuó:

—Os alojaréis en una residencia que es también una academia de baile. —Fausti frunció el ceño mientras trataba de recordar el nombre—. Dedansfar creo que se llama.

Las cuatro volvieron a gritar entusiasmadas, esta vez sin poder contener los saltos de alegría.

Conocían el lugar por la exitosa serie de Disney Channel ambientada en aquella academia. Las protagonistas eran chicas de su edad que soñaban con ser bailarinas, vivían aventuras y competían con grupos rivales. ¡De allí habían salido grandes artistas como Lorena Gómez o Love Cameron! Pero lo más divertido de la serie, según Violeta, eran las gamberradas que se hacían entre ellas para desbancarse entre sí.

—The Dance Farm —repitió Martina pronunciando correctamente el nombre de la academia.

¡Ni en sus mejores sueños se habría imaginado viviendo aventuras y bailando en un lugar como aquel!

3

Favoritas

Como todos los sábados, aquel día tocaba «tarde de pastel» en casa de Sofía. Su madre había hecho tarta casera antes de irse a los bolos para que las chicas merendaran mientras veían una de esas comedias románticas que tanto les gustaban.

Yanara se había unido al plan tras repasar matemáticas toda la mañana con Martina. Tenía la asignatura controlada y eso hacía que las chicas respiraran tranquilas. Si suspendía, su madre no la dejaría ir a Londres.

Brenda, la canguro de Sofía, era la encargada de alquilar la película de camino a su casa. Ella compartía los mismos gustos que las Stars...

O, al menos, los de tres de ellas.

—¿Cómo lo hacéis para ver estos pastelazos sin vomitar la tarta? —preguntó Violeta con la boca llena mientras miraba la carátula de la película.

—¿*Un chiflado encantador*? —leyó Yanara quitándole la funda a Violeta—. ¿A quién le pueden gustarle estas cursiladas?

—¿La has visto? —le preguntó Liu.

—No...

—¿Y cómo sabes que es una cursilada?

La fashion puso los ojos en blanco antes de leer el dorso:

—«Dylan es una guapa y popular adolescente que aspira a ser la Reina de las Flores de su promoción. Joss cree que es una tonta engreída, pero cambiará de opinión cuando la conozca un poco mejor...»

Violeta se llevó dos dedos a la boca, haciendo reír a Brenda.

A Martina le extrañó que la canguro de Sofía estuviera pendiente de ellas. Estaba acostumbrada a verla siempre con el móvil en la mano, enviándose whatsapps con su novio.

—Deberíamos estar entrenando como locas y no perdiendo el tiempo con pelis ñoñas —continuó Yanara.

—Tú sí que eres ñoña —murmuró Liu.

Antes de que se enfrascaran en una discusión, Brenda las cortó:

—Sometámoslo a votación. ¿Quién quiere ver la peli?

Martina, Sofía y Liu levantaron la mano.

—Tres contra dos. Ganamos —sentenció Sofía a punto de darle al «Play».

Brenda suspiró resignada cuando Violeta y Yanara empezaron a protestar de nuevo.

—En realidad hay un empate —dijo la canguro—. A mí tampoco me apetece mucho ver una peli de amor, aunque la haya traído yo.

Las tres amigas se miraron un momento en silencio sin saber qué decir. Brenda adoraba las comedias románticas tanto como ellas. Que se aliara con Violeta y Yanara, ¿acaso no podía considerarse una forma de traición?

—He cortado con Dani —les explicó la canguro—. Bueno, en realidad ha sido él quien...

Aquello lo explicaba todo.

—Qué idiota... —dijo Sofía sinceramente al ver los ojos brillantes de Brenda—. ¿Por qué te ha dejado?

—Se ha enamorado de otra —intervino Violeta.

Brenda la miró sorprendida.

—¿Y tú cómo sabes eso, enana?

—Aquí todo se sabe. —Se encogió de hombros—. Además, los he visto varias veces en un banco de la plaza pegándose el lote.

Martina la fulminó con la mirada.

—Daría cualquier cosa por salir de este barrio una temporada —suspiró Brenda—. No soporto encontrármelos juntos cada vez que salgo a la calle...

—¡El amor es un asco! —exclamó Violeta—. ¡Yo no pienso enamorarme nunca!

—Algún día te recordaré tus palabras, hermanita —respondió Martina divertida.

—Está bien, no vemos la peli de amor, pero entonces ¿qué hacemos? —preguntó Sofía resignada, dejando el mando sobre la mesa.

—¿Habéis visto el resumen del Yes, we Dance internacional? —preguntó Yanara—. Hay un vídeo en YouTube con imágenes de los grupos favoritos.

Las otras cuatro se miraron emocionadas.

—Ayer intenté descargarlo, pero no hubo manera —continuó Yanara.

—Probemos ahora —propuso Sofía sacando el iPad de un cajón.

Tras teclear las tres palabras clave —Yes, we Dance—, Brian y Brandon aparecieron en pantalla más sonrientes y guapos que nunca:

BRANDON: «Ya tenemos los veinticuatro barrios que participarán en la final de Londres. Hemos visto los vídeos que nos habéis enviado y hemos de decir que... ¡todas sois fantásticas! Sin embargo, solo puede haber un grupo ganador».

Las chicas temblaron al imaginar que los BB Brothers habían visto su actuación en la plaza de las Baldosas.

BRIAN: «Recordad que estamos buscando a chicas de carne y hueso que disfruten bailando y transmitan buen rollo, así que la simpatía y la originalidad también cuentan».

Yanara y Liu no pudieron evitar un suspiro tras escuchar las palabras del gemelo moreno.

Aunque acababan de cumplir los quince, los BB Brothers llevaban más de seis años en los escenarios. Habían triunfado siendo unos niños y se habían convertido en los adolescentes más admirados del planeta. Los dos tenían los mismos grandes ojos azules y unos rasgos proporcionados y bonitos, pero la sonrisa pícara de Brian y sus hoyuelos en las mejillas hacían que rompiera más corazones que su hermano rubio.

Brandon y Brian: «Y ahora os dejamos con un vídeo que hemos montado con algunas de las favoritas».

Tras un fundido en negro, unas chicas empezaron a bailar con el single de «Street Dance» de fondo. Eran la B-Girls con una impresionante exhibición de breakdance, que encajaba a la perfección con el single de los BB Brothers. La líder del grupo explicó que vivían en París, pero que pertenecían a una comunidad norteamericana afincada en la capital francesa. Todas eran rubias, de complexión grande y piernas fuertes.

Las Stars habían seguido su actuación con la boca abierta.

—Son buenas —reconoció Sofía.

—¡Venga ya! Son menos femeninas que una vacaburra —exclamó Yanara—. ¡Ni siquiera saben mover las caderas!

Las siguientes en protagonizar su minuto de gloria fueron las Bolshói de San Petersburgo. De ellas se vieron varias imágenes machacándose en la barra. Eran ágiles y precisas como gimnastas de competición.

A continuación, unas bellezas rubias asomaron a la pantalla. Eran las Top, de un barrio de Frankfurt.

Su manera de bailar no era nada del otro mundo, pero se movían con tanto estilo y eran tan altas y guapas, que parecían sacadas de una revista de moda.

—¿Seguro que esas alemanas tienen menos de catorce años? —preguntó Brenda alucinada.

La edad de las participantes debía comprender entre los nueve y los catorce años, pero aquellas chicas aparentaban casi tanto como la canguro, que pasaba de los dieciocho.

Unas chicas con sombrero y corbata ocuparon después la pantalla. Eran británicas y se hacían llamar Hipster Girls.

—Lo que nos quedaba por ver. —Brenda rió—. Unas hipsters fans de los BB Brothers. Esto sí que es bueno.

—¿Por qué? —preguntó Liu.

—Porque los hipsters odian la música pop o comercial, y todo lo que sean superventas.

Las británicas dejaron claro que lo suyo era solo una pose y empezaron a bailar al estilo Lady Gaga.

—¡Menudas tramposas! —continuó Brenda—. Una auténtica hipster jamás se movería así. Su baile es más de brazos y cabeza.

La canguro empezó a agitar la melena hacia delante y hacia atrás en un movimiento frenético.

Las chicas rieron.

—¿Y estas son las favoritas? —preguntó Yanara, triunfal—. No tienen nada que hacer a nuestro lado.

Todas asintieron, confiadas.

—Hay algo que no entiendo —comentó Violeta arrugando la frente—. Si este vídeo es de los grupos favoritos, ¿por qué nosotras no salimos en él?

4

El pacto

A pocos minutos de que Niko pasara a recogerla, Martina se miró de nuevo en el espejo de cuerpo entero que había en su habitación. Era la cuarta vez que se cambiaba de ropa y por fin sentía que había acertado. Sobre la cama se amontonaban varios vestidos y hasta la preciosa falda de tul que Liu había cosido para ella...

Violeta la observaba sentada en el puf rosa mientras acariciaba el suave pelaje de Sugus.

Al ver su elección, no pudo reprimir un comentario:

—¿Tanto rollo para esto?

Martina dudó unos segundos.

Después de todo, tal vez aquellos desgastados shorts y esa camiseta de rayas no eran la mejor opción para su ¿primera cita?

«En realidad no es la primera», se tranquilizó a sí misma.

Ya había salido con Niko en dos ocasiones más. Martina se estremeció al recordar la tarde que salieron a correr juntos por la zona industrial antes de quedar atrapados en aquella vieja fábrica. Curiosamente, al hacer memoria solo le venían momentos agradables, como las confidencias que habían compartido durante la noche, abrazados para vencer el miedo... o el beso al llegar a casa.

Habían quedado una vez más en el campus deportivo donde Niko entrenaba a fútbol. En esa ocasión, tras ocupar la grada de honor, él le había hecho aquella pregunta... que todavía seguía sin respuesta.

Sin saberlo, Violeta volvió a formularla:

—¿Es tu novio?

—¡Claro que no!

Aunque ni ella misma lo sabía, por nada del mundo quería que su hermana supiera esa información.

Aquella tarde la cita no tenía nada que ver con entrenamientos, bailes o jugar al fútbol. Habían quedado en el centro comercial de Ciudad Saturno para tomar yogur helado y pasear juntos.

Violeta volvió a la carga:

—Pero te gusta...

—Un poquito —reconoció Martina guiñándole un ojo desde el espejo.

—Es guapo, pero...

—Pero ¿qué?

—Nada.

—Suéltalo, enana —insistió Martina—. Me lo vas a acabar diciendo de todos modos.

—Pues que Jimmy mola mucho más.

Martina se encogió de hombros.

—Además, baila muy bien —continuó Violeta—. Es guapo, viste de miedo, sabe lo que quiere... Ah, y llegará lejos.

—¿De dónde has sacado tú todo eso? —Martina la miró extrañada.

—De tu mesita. Encontré esa nota tuya...

Martina se puso roja al recordar las listas que había hecho sobre Niko y Jimmy, enumerando lo que más le gustaba de cada uno.

¿Cómo se atrevía Violeta a hurgar entre sus cosas? Al momento, corrió hacia ella para darle su merecido.

—¡Te vas a enterar, enana! Como te pille...

Durante unos segundos, se persiguieron por todo el piso.

Fausti puso fin al conflicto mandándolas un rato a la calle.

Las dos obedecieron sin rechistar. Martina llegaba tarde a su cita y Violeta tenía el encargo de llevarle una horchata fresca a su abuela. El calor agudizaba su mal carácter y no querían hacerla enfadar a tan pocos días del viaje a Londres.

Cuando Martina llegó al Saturno Center, Niko ya la estaba esperando en la heladería. Había cola junto al mostrador y ambos aguardaron en silencio su turno.

Era su primer encuentro tras el baile de la azotea y ninguno de los dos sabía muy bien qué decir.

—Te has cortado el pelo —dijo Martina finalmente mientras se alzaba de puntillas para frotarle la cabeza.

—Sí. Hace mucho calor y...

—Te queda bien.

Él se sonrojó.

Tras pedir un maxihelado para compartir, con tres capas de toppings, buscaron una mesa tranquila.

A Martina le pareció ver un brillo de tristeza en sus ojos. Aún no le había contado que al cabo de dos días se iba a Londres , y que pasaría allí todo el mes de julio, pero intuyó que él ya lo sabía. Aunque todavía no lo habían subido a Facebook, las chicas del Informer habían entrevistado a las cinco

Stars y la noticia pronto se extendería por todo el barrio.

Aun así, decidió no estropear la tarde hablando de eso... Ya habría tiempo luego, de camino a casa, cuando se despidieran.

Durante un rato rieron y charlaron de todo un poco: del curso que habían dejado atrás, de los amigos, del equipo de fútbol...

Después se hizo un silencio entre los dos y Martina sintió que había llegado el momento de darle una respuesta y decirle que sí, que quería ser su novia.

—Todavía te debo una respuesta...

Niko silenció sus labios con un dedo mientras negaba con la cabeza. Después le dijo:

—No quiero que me la des ahora.

—¿Por qué?

—Mañana me voy a un centro de alto rendimiento de los Pirineos. Me han seleccionado para participar en un stage de fútbol mixto y estaré todo el verano fuera.

Martina sintió un nudo en la garganta. Quería decirle muchas cosas, como que lo iba a echar de menos...

—Por eso te has cortado el pelo... —dijo finalmente.

Niko asintió antes de continuar:

—¡Va a ser una pasada! Seremos casi cuarenta chicos y chicas, todos ases del balón.

—Pero eso es genial... ¡Me alegro mucho por ti!

—Vendrán los mejores entrenadores e incluso algún gran futbolista. Se supone que están buscando al Messi o al Cristiano del futuro.

—Pues ya pueden dejar de buscarlo.

Ambos rieron.

—Me he enterado de que tú también te vas a Londres y de que estarás un mes entero en una academia de baile. Allí conocerás a gente muy guay, a bailarines, a famosos... e incluso a los BB Boys esos.

—BB Brothers —le corrigió ella riendo.

—Lo vais a pasar bomba...

Martina se encogió de hombros y sonrió resignada.

—Te echaré de menos. —Sintió cómo el nudo en la garganta se hacía cada vez más grande—. Antes has dicho que no quieres que te dé hoy una respuesta, ¿por qué?

—No quiero poner barreras a tus sueños. En Londres conocerás a gente mucho más interesante que yo, habrá chicos a tu alrededor...

—Perdona, pero la academia a la que voy no es mixta como tu stage de fútbol.

—Te propongo un trato, Martina; durante el tiempo que estés en Londres, no pienses en mí. Yo intentaré hacer lo mismo, aunque sé que me será imposible. Si durante este mes te enamoras de alguien, sigue tu corazón. Si no, cuando vuelvas, dame ese sí que tanto espero...

—¿Crees que esta separación es una prueba? —se atrevió a preguntar Martina.

—Llevamos juntos desde primaria. Aunque no nos hemos hablado mucho en todos estos años, siempre hemos estado cerca... Esta es la ocasión perfecta para ver si lo que sentimos el uno por el otro es real o no.

Antes de despedirse, Niko le regaló un colgante.

—¿Qué es?

Martina giró aquella pieza pequeña de plata entre los dedos. Parecía un ocho en horizontal.

—Es el símbolo del infinito —le explicó Niko—. El otro día lo vi y pensé que tu fuerza es así cuando bailas...

Mientras Niko lo abrochaba en su cuello, Martina pensó que así era también el amor que sentía por él desde primaria. ¿Podría un verano acabar con todo eso?

5

La sexta pasajera

Al día siguiente, las Saturno Stars se reunieron en el observatorio para ver juntas el Informer del *Yes, we* DANCE. Esta vez, el texto que abría la página dejaba claro que las administradoras habían enterrado el hacha de guerra:

★Yes, we★ DANCE

Por una vez, vamos a ser buenas y a no meterles el dedo en la llaga a las Saturno Stars. Queremos celebrar con ellas que se marchan esta semana a Londres para competir en la Gran Final de Londres.

¿Queréis saber qué piensan ellas? ¿Qué sienten? ¿Qué ropa lucirán? ¿A cuál de los BB Brothers están deseando conocer?

Pues no apartéis la mirada de la pantalla, porque estas chicas nos lo cuentan todo ¡en exclusiva!

En la foto de portada aparecían las cinco Stars en la plaza de las Baldosas posando tras su actuación triunfal.

La entrada más reciente era una entrevista a Yanara con cientos de «Me gusta» y más de ochenta comentarios.

Martina leyó en voz alta:

LO QUE MÁS ME GUSTA DE BRIAN ES SU CORAZÓN.

Así de sincera se ha mostrado nuestra Star fashion en una entrevista a corazón abierto.

Informer: *Hemos visto el vídeo de las favoritas y las Stars no estáis entre ellas. ¿Qué puedes decirnos sobre eso?*

Yanara: *Que es injusto y que pelearemos hasta el final. Puede que no seamos las mejores bailarinas del mundo, pero ¡a ilusión no va a ganarnos nadie!*

I: *Es un secreto a voces que Brian te tiene loquita, pero dinos, ¿qué es lo que más te gusta de él?*

Y: (Suspiro.) *Su corazón. Es taaan tierno... ¿Has visto el reportaje del zoo de Londres? Brian sale dándole el biberón a un cachorrito de tigre... ¡Están los dos taaan mooonos!* (Más suspiros.) *Dan ganas de comérselos a besos.*

I: *Imagina que sucede. Estáis en la gran final de Hyde Park y tienes al BB Brother moreno delante, ¿qué le dirías?*

Y: *Primero me muero. Y luego resucito y le digo:* «I love you, Brian!».

I: *Y ya para terminar, cuéntanos, Yanara, ¿por qué crees que tendríais que ganar las Stars?*

Y: *Por Ciudad Saturno, el mejor barrio del mundo. Aquí los niños crecemos felices, sanos, con valores y principios sólidos...*

Martina puso los ojos en blanco. Dudaba mucho que Yanara supiera lo que significaban palabras como «valores» o «principios sólidos». ¿Cómo podía ser tan cursi y al mismo tiempo resultar tan guay?

Entre los comentarios podían leerse frases como: «Yanara for President», «We love you!» o «¡Tú sí que vales!».

En la siguiente entrada, Martina aparecía junto a una foto de Lorena Gómez, en la que ambas parecían clones. ¡Incluso vestían de forma muy parecida! Lorena era la protagonista de *The Dance Farm*, la serie de Disney Channel que compartía nombre con la academia de baile... Pero también había sido la novia de Brian.

UNA NOVIA PARA BRIAN

¿Compartirán Lorena y Martina algo más que su parecido físico? Aunque todas conocemos la predilección de la Star tímida por los futbolistas... ¿cambiará de opinión cuando llegue a Londres? ¿Se prendará Brian de Martina en cuanto la vea? Chicas, ¡temblad de envidia!, porque esta Star tiene todos los números para triunfar en Londres... y no precisamente bailando.

Las Stars abrieron la boca sorprendidas.

A Martina le molestó que Yanara y Liu la miraran con recelo. ¡Qué culpa tenía ella de parecerse a Lorena! ¡Si ni siquiera le gustaba Brian!

Sin embargo, le molestó aún más que el Informer no publicara nada de lo que ella había contado en la entrevista; básicamente le había dedicado palabras muy bonitas a su abuela Fausti y había hecho mención a su brillante pasado como bailarina.

—Son unas petardas —dijo Violeta al ver la cara de fastidio de su hermana.

Los «Me gusta» ascendían a casi trescientos. La mayoría de los mensajes animaban a Martina y a Yanara a competir por Brian, pero entre ellos también había advertencias de fans celosas para que dejaran al chico libre.

Tras saltarse varios comentarios, Martina siguió leyendo en voz alta:

LAS STARS BRILLANDO EN LONDRES

Sofía, nuestra Star más intelectual, nos ha detallado los lugares de interés que visitarán en London City, como la Torre de Londres, el British Museum o el Madame Tussauds.

Pero, nosotras hemos querido ir más allá imaginándolas como auténticas estrellas.

Las administradoras habían hecho varios fotomontajes de lo más graciosos. En uno de ellos, las Stars aparecían en una cabina roja londinense. Para la imagen habían recuperado la foto de su primera actuación en el paseo de las Baldosas, cuando las Stars se habían estampado contra el suelo, de manera que sus caras podían verse chafadas contra el cristal de forma ridícula.

Violeta no podía parar de reír.

En otro montaje, las Stars cruzaban el famoso paso de cebra de Abbey Road, emulando a los Beatles...

Pero la más divertida de todas era un una foto en la que aparecían colgadas de las manecillas del Big Ben.

El reportaje acababa así:

¡Vota tu foto favorita! y participa en el sorteo de un viaje a Londres... sin moverte de casa. ¡Con Photoshop Airlines! 😜 😜 😜

—Pues menos mal que iban a ser buenas... —se quejó Sofía.

Por suerte, la siguiente entrada era un vídeo muy mono en el que Liu hablaba sobre la ropa y los complementos que las Stars incluirían en su maleta.

En los treinta segundos que duraba la pieza, Liu salía con tres modelitos distintos.

—Todavía no hemos decidido qué vamos a ponernos para la Gran Final —comentaba la Star oriental—, pero sí puedo adelantaros que será algo con mucho brillo y purpurina.

Violeta la miró horrorizada antes de que bajaran el cursor a la siguiente entrada, donde ella misma entonaba su «London Hit»:

—«Ciudad de Londres, allá nos vamos. Desde Saturno, aterrizamos. Pisando fuerte, bailando estamos. Brillando siempre. ¿Te queda claro?».

Las chicas aplaudieron emocionadas.

Al final del informe había una noticia que revelaba un dato que ni siquiera ellas conocían.

LA SEXTA PASAJERA

Según fuentes cercanas al concurso, las Stars no viajarán solas. Un solo adulto puede acompañarlas en su aventura londinense. Pero ¿quién será el afortunado?

¿La abuela Fausti? (vieja bailarina y referee*)*

¿La madre de Yanara? (profesora de baile)

¿El padre de Sofía? (presidente de la comunidad)

¿Tutú? (estrella canina)

Las Stars se miraron un momento horrorizadas. Habían imaginado que en Londres estarían bajo la tutela de los profesores de la academia o de los organizadores del concurso... En ningún momento habían contemplado la posibilidad de que un familiar las acompañara.

Pero ¿quién?

¡Tutú era la que acumulaba más votos en el Informer!

Durante unos minutos discutieron sobre la opción menos mala. Tenía que ser alguien joven, alguien que les dejara libertad para vivir la experiencia sin agobios. Pero ¡¡¿quién?!! Tenía que ser...

—¡Brenda! —exclamaron las cinco a la vez.

6

Infusión de Melisa

Aquella noche, la última antes de su partida a Londres, Martina no paraba de dar vueltas en la cama. Aunque todo estaba listo para embarcarse en aquella emocionante aventura, no podía evitar sentir un cosquilleo en el estómago. Era la primera vez que su hermana y ella viajarían sin sus padres, ¡y a un país extranjero!

La abuela Fausti tampoco parecía confiar mucho en ella. Llevaba días soltándole una retahíla de advertencias:

> «No te separes del grupo, que te distraes con el vuelo de una mosca... Y podrías perderte.»

> «Cuida de tu hermana, que aún es pequeña y más atolondrada que un demonio. ¡Que no se meta en líos!»

«Portaos bien, comeos lo que os pongan en el plato y haced caso a todo lo que os digan. Como alguien se queje de vosotras y me saque los colores por vuestra mala conducta, os castigaré de por vida. ¿Me has entendido bien, Martina? Que se note la buena educación que os han dado vuestros padres.»

«Ah, y no habléis con desconocidos. Si os ofrecen algo por la calle, decid que no, que vuestra abuela no os deja y que **blablabá, blablabá...**»

Martina había asentido en silencio mientras Violeta canturreaba por todo el piso. ¿Por qué los sermones iban siempre para ella? Incluso sus padres le habían dicho esa misma tarde, en una conversación por Skype, que cuidara de Violeta.

—Londres es una ciudad enorme y ella aún es una cría... Si no fueras su hermana mayor, no la habríamos dejado ir. Confiamos mucho en tu buena cabeza.

Martina agradeció que la abuela Fausti no les hubiera explicado el incidente del almacén. Si sus padres hubieran sabido que había desaparecido durante toda una noche, encerrada en una nave con Niko, su opinión habría sido muy distinta... Y tal vez ni Violeta ni ella habrían podido viajar a Londres.

Aun así, también ellos querían animarlas y desearles suerte desde Tenerife.

—Ratitas, lo vais a hacer superbién. ¡A triunfar!

—¡Gracias, papá!

—Disfrutad mucho, hijas —les había dicho su madre por Skype con los ojos brillantes—. Hacedlo lo mejor que podáis y pasadlo bien. Aunque no ganéis, siempre recordaréis la experiencia y eso no os lo podrá quitar nadie.

—Gracias, mamá... —respondió Violeta arrugando la nariz.

Cuando colgaron, miró a su hermana mayor y le preguntó:

—¿Acaso soy la única que piensa que podemos ganar?

—No es eso —respondió Martina encogiéndose de hombros—. Mamá no quiere que nos pongamos nerviosas... Quiere que lo pasemos bomba. Eso es todo.

Después de aquello, las dos niñas se habían metido en la cama con el mismo sueño: triunfar en Londres. Sin embargo, Martina no lograba dormir. Se preguntó si su hermana estaría tan agitada como ella y se deslizó de puntillas hasta su habitación.

—Estoy despierta... —dijo Violeta abriendo las sábanas para hacerle sitio.

No era la primera vez que compartían cama, aunque casi siempre era Martina quien le hacía sitio a su hermana. Sobre todo las noches de tormenta o cuando habían visto alguna película de miedo juntas. Los truenos y las pelis de miedo eran el tipo de cosas que a Violeta le quitaban el sueño. A Martina le extrañó comprobar que aquel viaje a Londres también.

—¿Estás nerviosa, Vi? —le preguntó en un susurro.

—Un poco. Vamos a estar fuera de casa un mes entero...

—Pero vamos juntas, hermanita. Y yo cuidaré de ti.

—Y yo de ti —respondió Violeta buscando la mano de su hermana bajo las sábanas.

En aquel momento, la luz del pasillo se encendió y la abuela Fausti apareció con una bandeja y tres tazas humeantes que desprendían un agradable aroma a limón.

—Nada como una infusión de melisa para templar los nervios —dijo sentándose en el borde de la cama.

—¿Tú tampoco puedes dormir, abuela? —le preguntó Martina sorbiendo su taza.

—Me habéis desvelado con tanta cháchara.

Martina y Violeta se miraron divertidas. ¡Si apenas habían hablado en susurros!

—Lo tenéis todo listo para mañana, ¿verdad, niñas?

—Sí, abuela.

—¿Habéis metido el chubasquero en la maleta? Mirad que en Londres llueve mucho, y un mal resfriado podría dejaros fuera de juego... Y allí no estará vuestra abuela para daros friegas y prepararos infusiones calentitas.

Martina estuvo a punto de recordarle que había sido ella misma quien los había guardado en sus maletas tras repetir aquel argumento por enésima vez.

—Que sííí, abuela.

—Y portaos bien, ¿eh? No hagáis travesuras.

—Que sííí...

Antes de que se fuera, Violeta se lanzó al cuello de su abuela en un arrebato de cariño y le plantó tres besos en la cara.

—Ay, abuelita, ¡cuánto nos vas a echar de menos!, ¿a que sí?

—¿De menos? —respondió Faustina quitándosela de encima entre risas—. Este mes sin vosotras va a ser para mí como unas vacaciones pagadas.

7

Mensajes de WhatsApp

Martina se sobresaltó al escuchar la vibración de su móvil. Por un momento, pensó que era la alarma, pero enseguida se dio cuenta de que ni siquiera había amanecido.

Era un mensaje de WhatsApp...

¡De Niko!

Emocionada, leyó aquellas líneas:

Niko
Hola, estrella, ¿estás dormida? 🌙

Martina
Hola, crack. Ahora mismo estoy soñando. ¡Qué bien que me escribas!
😍😍😍
¿Qué tal el stage?

Niko
Llegamos ayer y hoy ya nos han hecho una prueba.

Martina
¿Y qué tal te ha ido?

Niko
¡Superbién!
Soy el capitán de un equipo.
Mañana jugamos el primer partido.

Martina
Felicidades, capitán.
¿No deberías estar durmiendo?
Es casi medianoche.

Niko
No podía dormir... Pensaba en ti.

Martina
Yo tampoco podía dormir.
Y también pensaba en ti.

Niko
¿Y qué pensabas?

Martina
En lo mucho que te voy a echar de menos.
¿Y tú? 😢

Niko
En lo mucho que me vas a echar de menos.
😃 😃

Martina
Qué tonto eres.

Niko
Tienes razón. La otra tarde no te di un beso de despedida. Y pensaba en eso. En que soy tonto.

Martina
No te preocupes. ❤
Te lo reclamaré cuando nos vemamos.

Niko
Mañana te vas ya a Londres, ¿verdad?

Martina
Sí... Y no podré enviarte WhatsApps desde allí.
Mi abuelo no me deja que me lleve el móvil

Niko
😢😢
¿Por qué?

Martina
Tiene miedo de que se dispare la factura.
Brenda llevará un móvil para emergencias...
Pero no creo que nos deje usarlo.

Niko
Bueno... Un mes pasa volando.
Antes de que nos demos cuenta, estaremos de nuevo en Ciudad Saturno.
Y podremos saldar ese beso pendiente.

Martina
Sí...

Niko
Un beso, estrella. ❤
Deslúmbralos a todos en Londres.

Martina
Un beso, capitán.
Suerte mañana en el partido. ❤

Estaba a punto de dejar el móvil sobre la mesilla cuando la pantalla se encendió otra vez. Martina pensó que se trataba de un nuevo mensaje de Niko, así que se extrañó al ver un número que no conocía.

¡Hola, Star!
Soy Jimmy.
Te he hecho caso y me he comprado un Smartphone para poder hablar contigo.

Martina
¡Qué sorpresa, Jimmy!
Pero a partir de mañana no te hará falta.
¡Podremos venros allí!
¿Qué tal te va en la escuela de danza?

Jimmy
El nivel es muy alto, pero procuro no quedarme atrás.
Esta mañana nos han hecho pruebas para un musical de Broadway. ¿Te imaginas?
Necesitan extras y están buscando bailarines de todo el mundo.

Martina
Seguro que lo has hecho genial.
¡Tengo tantas ganas de verte!

Jimmy
Y yo a ti, Star...
Nos vemos muy pronto.
¡Buen viaje!

8

Despedida triunfal

Las Saturno Stars llegaron a la plaza de las Baldosas a las nueve en punto, cuatro horas antes de que su avión despegara rumbo a Londres. Las autoridades del barrio las habían citado temprano para desearles buena suerte y despedirlas por todo lo alto. Todo el mundo estaba allí, coreando sus nombres y mostrando pancartas con mensajes de ánimo.

Incluso la banda municipal las había esperado en su portal para acompañarlas hasta la plaza en una marcha triunfal.

Mientras sonaba la sintonía de «Street Dance», a ritmo de trompetas, clarinetes, oboes y tambores, la gente se iba uniendo al desfile en comitiva.

Varios pasos por detrás, las Twirling hacían volar sus bastones mientras desfilaban como auténticas majorettes... Incluso las Doggy Kids, con quienes habían rivalizado hasta el final, ¡estaban allí con su mejor sonrisa! Encabezadas por Tutú y Mimí, las chicas perrunas desfilaban siguiendo el compás con palmadas y realizando, de vez en cuando, ruedas y otras piruetas sobre el asfalto.

Flanqueadas por sus familiares, las cinco Stars caminaban felices y emocionadas bajo una lluvia de confeti y serpentinas.

La televisión local también había enviado varias cámaras para retransmitir la partida de las triunfadoras.

¡Nadie quería perderse el gran momento!

Al llegar a la plaza de las Baldosas, las chicas se fijaron en un escenario que habían dispuesto en el mismo centro.

—¿Habéis preparado vuestro discurso, chicas? —les preguntó Yanara.

Martina tembló como un flan cuando vio un micro de pie y altavoces a los lados. Bailar delante de todo el barrio era una cosa, pero hablar era otra muy distinta. ¡Estaba convencida de que no podría hacerlo! Lo más seguro era que las palabras temblaran en sus labios. O, peor aún, que se atascaran en su garganta.

El consejero de Cultura invitó a las chicas a sentarse junto a sus familiares en un banco al lado del entablado. Después soltó un discurso sobre lo orgulloso que se sentía de ellas y de lo importante que era para Ciudad Saturno aquella competición internacional.

Algunas de las cosas que explicó eran nuevas incluso para las Saturno Stars...

—De los veinticuatro grupos que van a Londres, solo cuatro llegarán a la gran final de Hyde Park —había explicado—, en una competición que será retransmitida por las principales cadenas de todo el mundo. Europa entera podrá situar nuestro pequeño barrio en el mapa. Y será gracias a estas cinco jóvenes. ¡Un fuerte aplauso para nuestras campeonas!

Los vecinos estallaron en una gran ovación.

Después, el consejero hizo un gesto para que alguna de las cinco se acercara al micro y dedicara unas palabras a su público.

Sofía y Yanara dieron un paso hacia delante, pero fue esta última quien se adelantó decidida hasta alcanzar el micro.

—En nombre de mis amigas y del mío propio, os damos las gracias por esta fantástica despedida. Haremos lo posible por dejar el barrio en el lugar que se merece.

Tras un fuerte aplauso, Yanara acabó su discurso gritando:

—¡Viva Ciudad Saturno!

A lo que el barrio entero respondió:

—¡Vivaaa!

—¡Vivan los BB Brothers! —continuó la Star fashion.

Esta vez, la sección femenina subió el volumen de sus gritos varios decibelios:

—¡Vivaaan!

—¡Vivan las Saturno Stars!

El público enloquecido se entregó a aquel vítor:

—¡Vivaaaaaaaaan!

Un rato después, acomodadas en el microbús que las llevaba al aeropuerto, las Stars se despidieron del barrio saludando con la mano, como la reina de Inglaterra, a través de los cristales. Junto con Brenda, sus familiares las acompañaban hasta la terminal para darles el último abrazo.

Emocionadas y sorprendidas por aquella cariñosa despedida, las cinco sabían que jamás olvidarían aquel día. Aunque no triunfaran en Londres, en Ciudad Saturno siempre serían las campeonas.

9

Aeropuerto de sueños

Martina había ido muchas veces al aeropuerto, siempre con su abuela, para despedir a sus padres, pero esta vez la sensación que estaba viviendo era tan diferente...

Tras la despedida triunfal en Ciudad Saturno, al pisar la espaciosa terminal de salidas sintió vértigo. ¿Y si fracasaban estrepitosamente?

Aunque no estuvieran entre las favoritas, las expectativas que todo el barrio había depositado en ellas eran enormes. No podían hacer un mal papel. Además... ¡toda Europa iba a verlas por la tele!

La abuela Fausti lideraba la expedición hacia el control policial. Detrás de ella, los padres de Liu, Sofía y Yanara no paraban de hacer preguntas a Brenda para asegurarse de que sus hijas quedaban en buenas manos.

Un guardia de seguridad rollizo estudió los permisos paternos de las cinco Saturno Stars.

—Sé quiénes sois... —dijo con cara de bonachón—. Mi hija pequeña es fan vuestra. ¿Podríais firmarle un autógrafo?

Liu abrió los ojos como platos, igual que Sofía, hasta perder sus rasgos orientales. Martina se quedó cortada. ¡Sería el primero que firmaba en su vida! Violeta rompió a reír, como si aquello fuera muy gracioso.

—Por supuesto —exclamó Yanara ejerciendo de portavoz del grupo—. ¿Tiene un papel?

El guardia de seguridad buscó a su alrededor hasta dar con un folio de un viaje a Dubai y le dio la vuelta. Las cinco Stars se turnaron para estampar su firma en el papel.

Martina sintió que le temblaba el pulso al poner su nombre junto al de Yanara, que lo había rodeado de corazoncitos.

—Muchas gracias, chicas —dijo el guardia—. Ahora daos prisa y no lleguéis tarde. ¡Sois las mejores!

Dos empleadas más miraron con simpatía hacia el nutrido grupo de chicas acompañadas de sus padres, que empezaron a abrazarlas y besarlas en medio de un gran barullo.

Un guardia más viejo y cascarrabias disolvió aquella reunión que estaba entorpeciendo el paso de otros pasajeros.

Una vez superado el primer control con Brenda, algunos padres seguían despidiendo a sus hijas agitando la mano con lágrimas en los ojos.

Para restarle dramatismo a la escena, Violeta empezó a rapear:

—«Ciudad de Londres, allá nos vamos. Desde Saturno, aterrizamos. Pisando fuerte, bailando estamos, brillando siempre. ¿Te queda claro?».

—Muy claro, niña, pero cállate ya y quítate los botines —le dijo una empleada —. Han de pasar por el escáner.

Ya al otro lado del arco detector, las Saturno Stars esperaron a que salieran sus pertenencias bajo la mirada atenta de Brenda. Una vez segura de que las cinco no olvidaban nada, las guió hacia la puerta de embarque.

Liu tomó a Martina de la mano, mientras las dos arrastraban las maletas con ruedas, y le confesó:

—Estoy que me va a dar algo... El corazón me va a mil.

—¡A mí también! Tanto tiempo soñando

con viajar a Londres para la gran final y ahora que lo hemos conseguido...

—Tienes miedo —dijo Yanara, que se incorporó a su lado con paso ágil—. Como si te hubieran dado un premio que no mereces, ¿a que sí?

—No seas aguafiestas —la riñó Liu—. Es normal que nos impresione lo que estamos viviendo. Es la primera vez que volamos solas...

—Con Brenda —apuntó Yanara con cara de fastidio.

—Sí, vale, pero sin nuestros padres.

—Y estaremos un mes viviendo en Londres, a nuestra bola —añadió Violeta incorporándose a la conversación—. ¡Mola más que la Coca-Cola!

Brenda les cortó el paso y les indicó con el brazo extendido que habían llegado a la puerta de embarque.

Las Saturno Stars se sentaron a esperar, mientras Violeta no paraba de rapear cruzando los pies por delante y por detrás en un frenético baile lateral.

Una voz enlatada anunció que en unos minutos se procedería al embarque de los pasajeros a Londres Heathrow.

Martina sintió un escalofrío en la espalda, justo cuando Brenda se acercaba sonriente para entregarle un sobrecito.

Violeta interrumpió su baile de golpe para ver lo que le daban a su hermana. Y con toda la razón, porque el sobrecito era para las dos. Incluía dos billetes de 50 libras y una breve carta manuscrita por su abuela:

Queridas nietas:

Me siento muy orgullosa de vosotras. Es ya un gran éxito que estéis volando hacia una ciudad que adoré de joven, cuando las piernas no me pesaban y andaba llena de sueños, como vosotras.

Además de este dinero de bolsillo, que espero que sepáis administrar, os quiero confiar algo que me dijo un maestro japonés de expresión corporal, justo antes de que viajara a Londres para unas pruebas.

Me dio este consejo que ahora es para vosotras, queridas niñas. ¡Os quiero!

ENFRÉNTATE A LA GRAN CIUDAD
Y COMPRUEBA SI ELLA
TE CONQUISTA A TI
O SI TÚ LA CONQUISTAS A ELLA.

Faustina García

10

El amor está en el aire

—Siento que mis pies no tocan el suelo... —dijo Martina mientras el Airbus 320 atravesaba una nube tan espesa que parecía de azúcar.

—¡Es que no tocan! —Sofía, que estaba a su lado, en el asiento central, se rió—. Hace ya un rato que hemos despegado.

—Tú no pareces nerviosa. ¿Cómo te lo montas?

—Sé disimular... La verdad es que me falta el aire solo de pensar que estaremos en Londres. Estoy tan nerviosa...

—¿Lo dices por el inglés?

—*No, my lady. I speak English fluently.*

—Deja de fardar, chulita —la increpó Yanara desde el asiento de la ventana; Liu, Violeta y Brenda estaban sentadas en la fila delantera.

—¿Por qué estás nerviosa, entonces? —le preguntó Martina pasando de la brasileña—. Llevas una semana empollándote la guía de Londres. Seguro que no te pierdes.

—No es eso... Pienso en Markus, el líder de los Ángeles del Norte. Insisto: cuando lo vea voy a caer muerta de amor.

Martina recordó el vídeo que habían visto en casa de Sofía sobre aquel grupo británico que bailaba en las azoteas de Londres. El líder era un guaperas rubio de ojos azules. Imaginó que Sofía habría buscado su nombre en Google.

—¡Como si fuera tan fácil! —replicó Violeta asomando la cabeza desde el asiento trasero—. La abuela dice que Londres es como cien Ciudad Saturno juntas.

—Vuelve a tu asiento, enana. ¡No estamos hablando contigo!

La más pequeña de las Saturno sacó la lengua en señal de mofa antes de desaparecer de nuevo tras el respaldo.

Una azafata apareció en aquel momento con su carrito. Las tres chicas desplegaron orgullosas sus mesitas para recibir las bandejas con zumo de naranja, un minúsculo sándwich de jamón y queso, y un yogur de frutas del bosque.

Sofía mordisqueó hambrienta el bocadillo y, tras limpiarse los labios con la servilleta, declaró:

—Si el destino quiere que estemos juntos, lo encontraré.

Yanara aguzó el oído a la vez que contenía la risa.

—Está bien creer eso —dijo Martina—. La verdad es que yo... Bueno, si te digo lo que me pasa ahora mismo, vas a reírte de mí.

—Seguro que no...

Los tres asientos de delante se movieron, señal de que Violeta, Liu e incluso Brenda no querían perderse el cotilleo. Para remediarlo, Martina habló al oído de su amiga:

—Echo de menos a Niko.

—¿De verdad? —le preguntó en un susurro—. ¿Tan pronto?

—Sí... Es raro, pero, al alejarme de él por primera vez desde que nos conocemos, me doy cuenta de lo importante que es para mí.

—Es mono, sí.

—Más que eso. Para mí, Niko es...

Las confidencias quedaron interrumpidas por la voz del piloto de la aeronave, que tras presentarse y dar la hora prevista de llegada a Londres, anunció:

—Tenemos el honor de contar en nuestro pasaje con las Saturno Stars, que se dirigen a Londres para intentar ganar la gran final. ¡Una fuerte ovación para ellas!

Todo el avión estalló en aplausos, mientras multitud de cabezas las buscaban con curiosidad.

Un instante después, la canción de los BB Brothers sonó por el sistema de megafonía. Sorprendidas por aquel detalle de la compañía, las cinco empezaron a agitarse en sus asientos al unísono, moviendo los brazos extendidos al ritmo de la música.

Street Dance
Girls showing their arrogance
In the street
Queens of elegance
Now we're the same beat
Smell the suburban fragrance
Move your feet
Street dance*

* «Street Dance. / Chicas que muestran su arrogancia /en la calle. / Reinas de la elegancia. / Ahora somos el mismo latido. / Siente la fragancia del barrio. / Mueve tus pies. / Street Dance.»

Una fuerte sacudida que hizo vibrar el fuselaje del avión acabó con aquella fiesta improvisada.

El tono del piloto cambió totalmente:

—Rogamos a los pasajeros que se abrochen el cinturón de seguridad. Estamos pasando por turbulencias y se avecina una gran tormenta.

11

London Heathrow

Cuando las ruedas del avión tocaron tierra, las Saturno Stars respiraron aliviadas. Se habían pasado casi todo el trayecto mareadas por las turbulencias, pero por fin habían llegado a su destino. ¡Londres las estaba esperando!

Tras recoger sus maletas de la cinta giratoria, siguieron las indicaciones hacia la salida de pasajeros. Una vez allí, se quedaron alucinadas al ver la cantidad de personas que se agolpaban con carteles en alto.

—Uau... —exclamó Violeta, entusiasmada— ¡Sí que tenemos fans! Se nos va a acabar la tinta del boli con tantos autógrafos.

—¡Qué van a ser fans! —se burló Sofía—. ¿No ves que llevan carteles con nombres? Están esperando a clientes para llevarlos a la ciudad.

—Son sus nombres —insistió Violeta—. Nos los enseñan para que sepamos cómo se escriben cuando firmemos. Como ese señor, ¿ves? —dijo señalando a un anciano con el rótulo MR. TOBY CARLSON—. Quiere que escribamos: «For Mr. Toby» y luego nuestros nombres debajo. ¡Primeee!

Dicho esto, Violeta avanzó bolígrafo en mano hacia el anciano, que dio un paso atrás con cara de espanto. Yanara, Sofía y Liu estallaron en carcajadas mientras su hermana, roja de vergüenza, la tomaba del brazo y la reprendía:

—¡No son nuestros fans! Deja ya de hacer el ridículo.

De entre el gentío que esperaba al otro lado de la barrera, de repente empezó a estirar el cuello un chico moreno de ojos azules. Al descubrir a las cinco chicas y a Brenda, levantó un cartel escrito con rotulador:

—Este sí que nos espera a nosotras —dijo Brenda con la voz entrecortada—. Vamos, chicas...

—¿Te pasa algo? —le preguntó Martina—. Estás blanca como la leche.

—Creo que se ha enamorado —le susurró su hermana al oído.

El chico, que era muy alto y aparentaba unos veinte años, mostró unos dientes blanquísimos al sonreír. Luego tomó la mano a Brenda y le dijo con un fuerte acento británico:

—*Hi, I'm Bob. Welcome to London!*

Brenda contestó algo que no entendieron mientras parecía tambalearse. Violeta la sujetó por la espalda con las manos extendidas, como si temiera que pudiera desmayarse en cualquier momento.

—*We'll take the Tube to the city* —siguió el chico mientras les mostraba el camino por el enorme hangar de llegadas.

Mientras Brenda caminaba a su lado como si fuera una autómata, olvidando su labor de cuidar de las chicas, Sofía empezó a traducir al resto de las Stars:

—Ha dicho que tomaremos el metro para ir a la ciudad. —Tras escuchar lo que le seguía explicando a su callada tutora, añadió—: Y ahora dice que es nuestro asistente y entrenador personal.

—¡Qué chulo! —exclamó Liu emocionada—. Me siento como una estrella de cine.

—No cantéis victoria aún, bobas —rugió Yanara—. Igual cuando vea la *coreo* nos expulsa de la academia el primer día.

—Eso es imposible... Nos hemos ganado un mes de preparación antes de participar en la final. Nadie nos lo puede quitar, ¿verdad, chicas?

Martina, Violeta y Sofía gritaron al unísono:

—*Yes, we dance!*

—Ay, que me parto... —exclamó Sofía mientras Bob compraba en una máquina seis pases de metro—. Creo que esa frase es lo único que sabéis decir en inglés. Eso y la letra de los BB Brothers...

—*Don't be stupid* —la atacó Yanara—. Que tu madre te haya apuntado a una academia de inglés desde que eras un bebé no significa que nosotras seamos unas lerdas.

—No os estaba criticando... Eso sí, veo que nuestra tutora no entiende una palabra de lo que le dice nuestro *assistant*.

Con la frente perlada de sudor, Brenda asentía muy nerviosa a todo lo que le decía Bob.

Cuando las cinco Saturno Stars pasaron al otro lado de la máquina canceladora, Brenda dio un traspié y estuvo a punto de caer de bruces.

En el último instante, Bob logró sujetarla a la vez que le preguntaba:

—*Are you okay?*

12

Primera noche en la academia

Una cálida sensación de familiaridad las sorprendió nada más llegar a The Dance Farm. Habían visto tantas veces aquella fachada de ladrillo rojo por televisión que por un momento se sintieron como las protagonistas de la famosa serie.

Era tan alucinante estar allí que Martina le pidió a Liu que la pellizcara para asegurarse de que no estaba soñando.

Nada más cruzar el vestíbulo del edificio de seis plantas, comprobaron que el interior era menos glamuroso que en la pantalla. Aun así, reconocieron emocionadas algunos rincones, como la escalera principal con el pasamanos por el que se deslizaban los bailarines durante la canción de cabecera.

Tras explicarles que la serie se había rodado casi íntegramente en estudios de televisión, las Stars empezaron a situarse entre aquellas paredes blancas y pasillos laberínticos.

Mientras Bob les mostraba las instalaciones, Sofía ejercía de intérprete.

—En la planta baja está el gimnasio donde cada banda tiene asignado un horario para sus entrenamientos. Nosotras empezaremos mañana martes a las ocho y media. —Acto seguido, las guió hasta el primer piso, donde vieron a través del cristal un comedor comunitario—. Media hora antes tenemos que bajar a desayunar con la ropa de entreno puesta, que encontraremos sobre nuestras camas.

Emocionadas, las Saturno Stars fueron conducidas a continuación hasta el segundo piso, donde les habían asignado dos habitaciones.

—Brenda, Violeta y Yanara estaréis en la 302 —dijo sin dar más explicaciones—, y la 303 es para Martina, Liu y Sofía.

Todas se mostraron satisfechas.

Martina se alegraba de poder compartir habitación con sus dos mejores amigas, y de que su hermana estuviera bajo la vigilancia de Brenda.

¡Todas las noches serían como una fiesta de pijamas!

Seis horas más tarde, Martina, Sofía y Liu estaban tumbadas en sus camas con menos sueño que el portero de noche que hacía guardia en la puerta de The Dance Farm.

Había llovido todo el mediodía y toda la tarde, por lo que no habían podido ver nada del barrio de la residencia, Earl's Court.

Excepcionalmente, Bob les había dejado una cena fría en las habitaciones para que pudieran deshacer las maletas e instalarse cómodamente. A partir del martes siguiente, harían ya vida con el resto de las chicas de la residencia.

Tras acomodarse, decidieron pintarse las uñas unas a otras y probarse la ropa de entreno que habían encontrado sobre sus camas: unas mallas negras y una camiseta de tirantes con las letras TDF entrelazadas por delante y el nombre de cada una detrás.

Sentada en la cama, mientras se secaba el esmalte de las uñas de los pies, Martina miró con emoción las paredes entre las que vivirían las semanas siguientes.

Estaban pintadas de color rosa pálido,

Las Ángeles
DEL NORTE

y Liu ya había tenido tiempo de colgar con Blu-Tack varios recortes de Brian —incluida una foto en bañador— que había traído en la maleta.

Por su parte, Sofía había puesto sobre su cama varias fotos de la actuación de las Saturno Stars que les había valido aquel premio de ensueño. Había dejado espacio para una póster de los Ángeles del Norte, por si sus destinos llegaban a cruzarse.

Martina miró la pared desnuda al lado de su cama y se dijo que estaría perfecta con una foto de Niko, pero no tenía ninguna. Tal vez en la sala de informática —Bob les había dicho que estaba en la segunda planta— podría imprimir alguna imagen de su Facebook.

—Chicas, ya es medianoche —advirtió Sofía con tono muy serio—. Tenemos que intentar dormir o mañana no valdremos para nada.

—Sí, tenemos que levantarnos a las siete y media si queremos desayunar a las ocho... —comentó Liu.

—¿Son imaginaciones mías o nos han dado el peor horario de toda la residencia?

—Creo que hemos sido las últimas en llegar —intervino Martina—. Somos unas novatas en toda regla.

Sus compañeras de habitación rieron antes de apagar las luces, sin ser conscientes de hasta qué punto aquello era cierto.

13

La tempestad

Tal vez porque aquella noche no había parado de llover, Martina tuvo una pesadilla de la que no lograba despertar. En su sueño, Violeta y ella atravesaban juntas una selva oscura bajo una violenta tempestad. Mientras buscaban empapadas algún lugar donde cobijarse, la tierra blanda se movía bajo sus pies como si quisiera engullirlas.

Aterrorizadas, comprobaron que ya no podían avanzar porque el barro tragaba sus piernas como una bestia sin rostro.

—Está lloviendo... ¿Cómo es posible?

Aquella voz había sonado dentro del sueño, pero no pertenecía ni a ella ni a su hermana. Quien hablaba era Liu, que a continuación empezó a gritar:

—¡Agua! ¡Me ahogo!

Martina abrió los ojos justo cuando una alarma ensordecedora se disparaba dentro de la habitación.

La misma señal sonó en el cuarto de al lado, donde dormían su hermana, Brenda y Yanara.

Cuando Sofía encendió la luz, confundida en medio de aquel estruendo, las tres entendieron lo que pasaba.

Antes de conectarse la alarma antiincendios, se habían activado las duchas de seguridad, convirtiendo la habitación entera en una lluvia constante como en la pesadilla de Martina.

—¡Socorro! —gritó Sofía saltando de la cama sobre un palmo de agua— ¡Debe de haber fuego! ¡Tenemos que salir del edificio!

Al correr sobre el parquet encharcado, Liu resbaló y cayó al suelo. Caladas hasta los huesos y con los pelos como estropajos, sus amigas la levantaron para arrastrarla chapoteando hasta la puerta.

—Si el sistema electrónico se ha mojado, igual nos quedamos encerradas —dijo Sofía con lágrimas en los ojos—. ¡Vamos a morir quemadas!

—¿Quemadas? —gritó Liu—. Si no salimos pronto de aquí lo que vamos a pillar es una buena pulmonía. ¡Hay que tirar la puerta abajo!

Como si alguien al otro lado hubiera oído esto último, en aquel momento la puerta se abrió de golpe y una mole con uniforme se metió en la habitación.

Era el vigilante nocturno, que manipuló rápidamente un cuadro de mandos junto al baño hasta detener la lluvia torrencial y acallar la alarma.

Cuando se hizo el silencio, comprobaron que también al otro lado había terminado la tempestad de agua y sirenas.

Tras mirar con ojos acusadores el estropicio causado en la habitación, el vigilante se abalanzó sobre Martina y la agarró por el brazo.

—Quien haya estado fumando más vale que lo diga ahora mismo u os pongo a las tres de patitas en la calle.

Sofía tuvo que traducir esta amenaza a sus compañeras, que empezaron a gritar:

—¡Noooooooooooooo! ¡Nosotras no hemos fumado! ¡Nunca!

—¡Decidme entonces por qué se ha disparado el sistema antiincendios! —gritó zarandeando a Martina, mientras Sofía y Liu tiraban de ella para que el vigilante la soltara.

La llegada de Brenda, empapada y en ropa interior, hizo que el hombre soltara a su presa.

Las tres chicas cayeron de espaldas, levantando una pequeña ola de sucia que aterrizó sobre el traje del vigilante.

—¡Malditas seáis!

—Por favor... —dijo Brenda en un inglés macarrónico tras cubrirse con una toalla grande del baño—. No asuste más a las niñas. ¡Ha sucedido lo mismo en nuestra habitación!

—Debe de ser un fallo del sistema —intervino Sofía, consciente de que el hombre no estaba entendiendo nada.

En aquel momento entró Violeta, mojada como un perro, y gritó furiosa:

—¡Y un cuerno! ¡Nos acaban de hacer una novatada!

14

El primer entreno

Cuando las Saturno Stars bajaron a la cantina a las ocho de la mañana, parecían zombis.

Martina tenía unas ojeras que le llegaban al suelo y Liu aún temblaba del frío que había pasado aquella noche, después de que se hubiera mojado toda la ropa de cama. Sofía, todavía en estado de shock, recibió en silencio su tazón de leche con cereales.

—Cuando me entere de quién nos ha hecho esta trastada —dijo Yanara—, le voy a patear el culo hasta que no se pueda sentar nunca más.

—«Somos las Saturno, y ahora es nuestro turno. En la pista bailaremos y en la calle venceremos» —rapeó Violeta, tratando de levantar los ánimos el primer día de entreno.

—No seas macarra, Yanara —le reprendió Sofía cuando las cinco se hubieron sentado alrededor de la mesa con su desayuno—. Y tú cállate ya, enana,

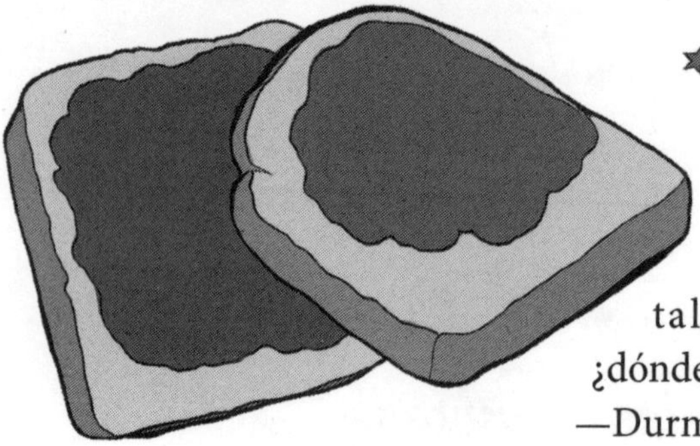

tengo la cabeza a punto de estallar... Por cierto, ¿dónde está Brenda?

—Durmiendo —repuso Violeta—, es lo bueno de no ser una Saturno Star.

—Seguro que luego intenta quedar con nuestro entrenador —añadió Yanara con malicia—. Si no ha bajado ahora es porque no quiere que la vea con ojeras. Está totalmente em-Bob-ada.

Las Stars rieron por primera vez desde que se habían despertado en medio de aquella tempestad interna.

Tras acabar su desayuno a base de zumos, cereales con leche y tostadas con mermelada, bajaron al gimnasio un poco más animadas, a excepción de Yanara, que no dejaba de gruñir:

—Cuando termine esto me vuelvo a la cama. No he dormido ni dos horas... ¡Estoy muerta!

—Tenemos que investigar quién hay en la 301 y en la 304 —dijo Sofía muy seria—. Es posible que esta jugarreta nos la haya hecho una banda rival que duerme en nuestra propia planta.

—Saben que somos las mejores y nos quieren machacar —añadió Violeta—. ¡Pero no podrán con nosotras! Se la devolveremos...

—Dejad de decir estupideces —las cortó Yanara—. Mirad, ahí está Bob...

Vestido con un chándal impecable con la insignia y las iniciales del centro, TDF, el joven entrenador las examinó de arriba abajo frunciendo el ceño. Luego miró el reloj.

—Llegáis cinco minutos tarde. Y no lleváis el uniforme de la academia. Según la normativa, debería haceros un parte ahora mismo.

Después de traducir a sus compañeras estas palabras, Sofía le explicó con algunas dificultades lo que había sucedido aquella noche, en la que todo lo que no estaba en los armarios, incluyendo sus uniformes, había quedado empapado.

Bob la escuchó con los brazos en jarras y finalmente dijo:

—*Okay, let's go inside.*

Las Saturno Stars soltaron un «Uuau» general al ver la amplitud de la sala, que tenía incluso una pequeña grada para contemplar lo que sucedía sobre el impoluto suelo de madera.

Había un gran espejo en una de las paredes, mientras que en otra una barra de ballet la cruzaba de lado a lado.

En el extremo opuesto a la grada, Sofía se quedó boquiabierta al ver un piano Steinway & Sons Gran Cola.

—Chicas, en una revista leí que este piano cuesta casi cien mil euros y que solo lo usan las grandes estrellas.

—¡Como nosotras! —exclamó Violeta, olvidando ya la noche de perros que habían pasado.

—Ahora vendrá un pianista negro con frac, como en las pelis —dijo Liu ilusionada—, y empezará a tocar «Street Dance» para que nosotras bailemos.

—*Oh, yeah!* —exclamaron todas a coro.

Su entusiasmo fue interrumpido por tres palmadas impacientes de Bob, que les pidió que corrieran alrededor del parquet.

Convencidas de que iban a aprender nuevos pasos aquella misma mañana, las cinco Saturno Stars empezaron a trotar con cara de fastidio.

—Esto es para entrar en calor —dijo Martina a Liu, que corría delante—. Luego haremos estiramientos y empezará la clase de danza.

—*Shut up!* —gritó el entrenador para mandarlas callar.

A la cuarta vuelta estaban ya agotadas, pero aún tuvieron que rodear la pista media docena de veces más.

Cuando Bob indicó con un silbato que podían parar, estaban todas rojas como tomates y se esforzaban por respirar llevándose las manos a la cintura.

—Esto es muy chungo —exclamó Violeta.

—¡No hemos venido hasta aquí para hacer atletismo! —protestó Yanara.

—Pues yo ya no puedo con mi alma... —se lamentó Sofía, que a continuación tradujo lo que estaba diciendo Bob—. Dice que al suelo...

—¿Al suelo? —preguntó Liu.

—Sí, todas a hacer flexiones, ha ordenado. ¡Diez series de diez!

—¡Noooooooooooooooooo...! —gritaron todas.

15

Bailar con el más feo

El resto del jueves fue tan agotador como había empezado. Las Saturno Stars pasaron casi dos horas en las oficinas de The Dance Farm rellenando varios formularios de inscripción. Luego comieron en la cantina, junto con las otras bandas. Por la tarde asistieron a una charla en el auditorio, que se encontraba en un edificio anexo.

No entendieron casi nada de lo que decía el director, un hombre anciano que conservaba el cuerpo de bailarín, salvo que en aquella institución no se toleraba que nadie se saltara las normas.

—Pues que expulsen a las que han convertido nuestra habitación en una piscina —comentó Yanara, malhumorada.

Después de cenar, bajo la atenta mirada de Brenda, una sopa de albóndigas y pescado rebozado, las Stars se dirigieron a su habitación para poner punto final a aquella jornada. Pero antes de llegar a la tercera planta fueron interceptadas por las Hipster Girls.

Eran cuatro chicas, todas morenas y de ojos claros, como Bob. Iban vestidas con gorras y sombreros, además de camisa y corbata, pantalones anchos y unos zapatones bastante ridículos.

Aunque eran inglesas, se entendía bien lo que decían.

—Sois las nuevas, ¿verdad? Las Saturnales... ¿Quién es vuestro entrenador?

—Saturno Stars —las corrigió Sofía—. A nosotras nos entrena Bob.

Las cuatro hipsters estallaron a reír sin que las Stars entendieran el motivo.

—¿Qué es tan divertido? —preguntó Yanara mosqueada.

—Sí, ¿a qué vienen esas risas? —la secundó Martina, pese a su timidez.

Tras cuchichear algo a una de sus compañeras, la que parecía la portavoz del grupo declaró:

—Sois unas *losers.** Nuestro entrenador es un bailarín que ha actuado en el Royal Albert Hall y ha salido varias veces por la tele. Mientras que Bob...

—¿Qué pasa con Bob? —preguntó Martina.

* En inglés, «perdedoras».

—Ni siquiera ha terminado su formación en danza contemporánea. Dicen que durante el curso es profe de gimnasia en un instituto de mala muerte.

—Ahora entiendo la paliza que nos ha pegado... —susurró Liu a Sofía—. ¡No nos ha dejado bailar ni un minuto!

—Resumiendo —dijo la inglesa—, si os han puesto a este palurdo como entrenador es que estáis descartadas de antemano, ¿verdad, chicas?

Las Hipster Girls entonaron a la vez un ensayado:

—*We are so sorryyyyyyyyyyyyyyyyyyyyy.*

Luego se marcharon entre risitas.

—¡Qué imbéciles! —protestó Violeta.

—Se merecen un bozal —añadió Yanara—, pero supongo que tienen razón... Si nos han puesto a ese profesorcillo de gimnasia es que no tenemos ninguna posibilidad.

Martina iba a replicar cuando tres chicas despampanantes se detuvieron frente a ellas para presentarse. Eran rubias y muy esbeltas. Todas rondaban el metro setenta, por lo que aparentaban ser mucho mayores que ellas.

—Vaya tiarronas... —comentó Violeta—. Deben de ser las Top, esas alemanas.

Sus palabras se vieron confirmadas por ellas mismas, que les dijeron sus nombres y añadieron:

—¿Queréis tomar una cerveza de jengibre con nosotras?

—No podemos beber cerveza —contestó Violeta con gran dificultad—. Yo solo tengo nueve años y ellas doce. Si mi abuela se entera, nos molerá a palos.

—La cerveza de jengibre no tiene alcohol —explicó Kira—. Es un refresco para niños. Los Cinco la tomaban en todas sus aventuras.

—¿Los Cinco? ¿Qué Cinco?

—Son los libros que leía mamá de pequeña —respondió Martina—. En el pueblo aún guarda toda la colección. Son cuatro amigos y un perro que se pasan medio libro merendando.

—¿Cuál es vuestra habitación? —preguntó Sofía.

—La 304, pero no tenemos bebidas allí. Preferimos tomarlas en el Butterfly. ¿No lo conocéis?

Las Saturno Stars negaron con la cabeza.

—Es nuestro club social. Está en el sótano del edificio. ¿Nos acompañáis?

Tras aceptar, las siguieron entre cuchicheos. Sus compañeras de planta no solo eran infinitamente más guapas que las Hipsters —«unas petardas en toda regla», en palabras de Yanara—, sino que además eran un encanto.

¿Escondía alguna trampa aquella amabilidad?

16

Butterfly Social Club

El pub destinado a los jóvenes residentes en The Dance Farm ocupaba un amplio espacio en el sótano. Este unía los dos edificios de la escuela, por lo que las chicas compartían la sala con los chicos, aprendices de bailarín.

Las paredes de madera estaban forradas con cientos de fotos de los protagonistas de la serie y también de alumnos anónimos que habían pasado por la academia. Algunos se habían hecho famosos, y el dueño del pub había añadido algún recorte de revista que lo demostraba.

Decenas de estudiantes se agolpaban alrededor de unos viejos toneles, mientras dos camareros servían en la barra toda clase de refrescos, acompañados de un bol de palomitas.

Antes de sentarse con las alemanas, Yanara echó un vistazo al ambiente con mirada crítica. Chicos y chicas charlaban animadamente alrededor de los barriles, jugaban a los dardos o bailaban en el rincón más cercano a los altavoces.

—Mi corazón es de Brian —declaró la Star fashion—, pero debo reconocer que aquí hay algunos que están cañón.

—Claro, son bailarines... —repuso Martina, mientras el resto de las Stars daban conversación a las alemanas—. Y muchos deben de llevar tiempo aquí trabajando sus cuerpos. La mayoría nos llevan dos o tres años.

—Por eso son tan guapos, pero no pienso hacerles caso. Voy a ser fiel a mi BB Brother hasta el final.

—Hasta que te dé calabazas, querrás decir —murmuró Liu.

Martina tuvo que hacer grandes esfuerzos para contener un ataque de risa. Afortunadamente, en aquel momento llegó la líder de las Top, que se llamaba Kira, con una bandeja llena de botellines de ginger ale y palomitas.

Las alemanas les explicaron que esas eran las famosas cervezas de jengibre de las que les habían hablado antes. Sin embargo, Violeta ya no prestaba atención a la conversación. Se había fijado en un gran cartel al lado de la barra que anunciaba:

ESTE MIÉRCOLES:
GRAN KARAOKE
¡PREMIO SECRETO PARA LOS GANADORES!

—¡Voy a ganar! —gritó la pequeña Star interrumpiendo la conversación alrededor del barril.

—¿De qué hablas, mocosa? —le preguntó su hermana.

—Del Gran Karaoke del miércoles que viene. Voy a participar y me llevaré el premio.

Un estallido de carcajadas hizo subir los colores a Violeta, que no se daba por vencida.

—Vosotras reíros, sí, pero como en la lista de canciones haya un rap, voy y arraso...

—Pues tendrá que ser dentro de varios años —le anunció Martina divertida—, porque mira lo que pone más abajo: Solo para mayores de doce años.

La relajada cháchara se alargó una hora más, después de la cual las Top se despidieron agitando la mano, como si ya fueran *celebrities*. Aunque entrenaban a las 10.30, dijo Kira, seguían la rutina de belleza de las modelos de dormir diez horas al día.

Antes de acostarse, Martina decidió pasarse por la segunda planta, donde estaba la sala de informática.

Comprobó satisfecha que estaba abierta y que había una impresora para los alumnos del centro. A aquella hora, ya solo quedaban dos chicas orientales mayores que hablaban por Skype con familiares al otro lado del mundo.

Martina se sentó en un ordenador libre y buscó el Facebook del stage donde Niko pasaría el verano. Como él no tenía página de amigos, esperaba encontrar alguna foto donde estuviera solo para imprimirla y colgarla sobre la cama.

No llevaba ni dos días en Londres, y ya lo echaba tanto de menos...

El Facebook del stage en los Pirineos estaba lleno de fotos de los entrenamientos, con algunos posts dedicados a cada uno de los profesores y su pasado como jugadores.

Finalmente encontró tres fotos de Niko. Eran de un partido contra el equipo local en el que habían participado chicos y chicas. En ninguna estaba solo. Peor aún, en dos instantáneas salía abrazado a la misma chica: una jugadora de rasgos nórdicos que, según los comentarios, era una gran futbolista.

En una de las fotos, las caras de ellos dos estaban pegadas. Los preciosos ojos verdes de ella apuntaban hacia los suyos, que sonreía feliz.

Martina apagó el ordenador y, abatida, subió a su habitación con el sentimiento amargo de que estaba a punto de perder lo que más quería.

17
Un día en Londres

—¡Estoy molida! —protestó Liu mientras contemplaban Londres desde el río—. Suerte que los domingos no hay entreno, porque los primeros tres me han matado.

—Y no hemos dedicado ni un solo minuto a bailar... —gruñó Yanara—. ¡Flipo! Yo creo que ese Bobo no tiene ni idea de *coreos*, por eso nos machaca a carreras, flexiones y estiramientos.

—¡A mí me expulsó ayer por cantar un rap! —lloriqueó Violeta mientras la brisa agitaba sus cabellos castaños—. Creo que nos tiene manía.

—Basta de negatividad, chicas —pidió Sofía—, y prestad un poco de atención a la ciudad. Con lo cansadas que estamos, es una suerte que Brenda nos haya organizado este viaje en barco por el Támesis.

La aludida estaba apoyada en la barandilla de cubierta, mientras sus protegidas disfrutaban de las vistas desde sus asientos.

CAMDEN TOWN

Después de admirar asombradas el Big Ben y el Parlamento, el recorrido fluvial les había permitido ver la gigantesca Tate Modern, un museo que ocupaba las instalaciones de una fábrica. Luego vieron la catedral de Saint Paul y la torre de Londres.

De regreso al punto de partida, bajaron al metro. Estaba previsto que comieran en Camden Town antes de pasar la tarde en el museo de cera: el Madame Tussaud.

Con una Brenda siempre ausente, las quejas por la dureza de los entrenos de Bob prosiguieron durante el viaje en metro y, tras volver a la superficie, también durante el paseo entre las tiendas de camisetas del famoso mercadillo.

A la hora del almuerzo, su tutora las llevó hasta una zona al aire libre de Camden Town con puestos de comida de todo el mundo: italiana, china, tailandesa, mexicana... Cada una de las Saturno Stars eligió un plato, y fueron a sentarse en unos curiosos asientos de moto —de hecho, eran viejas scooters clavadas en el asfalto— encarados al río.

Brenda dijo que no tenía hambre y se alejó unos cuantos metros para hablar por teléfono.

—¿Qué mosca le ha picado a esta? —preguntó Yanara.

—Creo que sus maniobras para ligarse a Bob no están funcionando —dijo Sofía.

—Mejor para ella... Se merece algo más que ese palurdo, por muy inglés que sea.

—Pues a mí me parece que harían muy buena pareja —intervino Violeta—. Bob y Brenda. ¡Los BB Lovers!

Todas menos Martina rieron por su ocurrencia.

—¿Y a ti qué te pasa? —la increpó Yanara mirándola muy fijamente—. No has abierto la boca en toda la mañana.

—Su novio futbolista le ha roto el corazón —explicó Violeta—. No hace ni una semana que están separados y él ya ha encontrado una vikinga que además marca goles.

—¡Cállate, cotilla! —gritó su hermana con lágrimas en los ojos—. ¿Cómo sabes...?

—Este viernes, antes del desayuno, fui a la sala

de informática a ver qué decían de nosotras en el Informer.

—¿Y qué dicen? —preguntó Liu muy interesada.

—No hay noticias nuevas desde que nos fuimos. Es como si se hubieran olvidado de nosotras... Al abrir el ordenador, apareció la página del stage de Niko y vi esas fotos con la futbolista rubia. Me parece que te ha metido un gol, hermanita.

Martina intentó tirar a Violeta del asiento y su plato de espaguetis estuvo a punto de acabar en el fondo del río. Para evitar que el asunto pasara a mayores, las Saturno Stars se interpusieron entre las dos hermanas llamando a la calma.

Muy enfadada, Violeta se apartó del grupo y fue en busca de Brenda, que, ocupada en una conversación telefónica, no le hizo caso.

Liu tomó a Martina por el hombro y le susurró al oído:

—Yo en tu lugar no me preocuparía por unas fotos publicadas en Facebook. Pero además... ¿No os habíais dado libertad para saber si vuestro amor es de verdad? —Martina la miró compungida, sin saber muy bien qué decir—. Creo que ahora te arrepientes de no haberle dicho que querías ser su novia, ¿me equivoco?

Un grito agudo de Sofía, que estaba frente a un pirulí de anuncios, interrumpió aquellas confidencias.

* * * * * * *

Las dos amigas corrieron en su ayuda, convencidas de que le había mordido una rata o algo peor. También Brenda y Violeta acudieron asustadas a ver qué pasaba.

Sofía lloraba de emoción mientras señalaba un póster repleto de nombres:

—Los Ángeles del Norte... Actuarán en una gala benéfica el próximo sábado.

LOS ÁNGELES DEL NORTE
PRÓXIMO SABADO

M
A

18

¡Estrellas, a bailar!

El lunes, las Saturno Stars se plantaron a las 8.30 en punto frente a la puerta del gimnasio con cara de fastidio. Aunque habían descansado el día anterior, les dolía todo el cuerpo solo de pensar en la nueva paliza que les esperaba.

Duncan, el robusto vigilante nocturno, fue esta vez quien abrió la sala mientras les comunicaba:

—Bob llegará un poco tarde esta mañana. Me ha dicho por teléfono que deis mientras tanto diez vueltas al parquet.

—*Yes, sir...* —dijo Yanara asqueada.

Una vez dentro, tras asegurarse de que el vigilante no las escuchaba, anunció:

—Voy a dar diez vueltas a este maldito parquet, pero a paso de tortuga. Cuando entre Bob, le diremos que vamos por la última, ¿de acuerdo?

Sus compañeras rieron antes de formar la fila de corredoras, que parecía avanzar a cámara lenta.

* * * * * * * *

Tardaron una eternidad en dar la primera vuelta y, ya en la segunda, al pasar junto a la puerta, esta se abrió de golpe.

Las Stars se quedaron paralizadas.

—¡Jimmy! —gritó Violeta mientras su hermana salía disparada hacia él.

Un instante después, Martina y él se fundían en un abrazo mientras las otras cuatro lo rodeaban, haciéndole toda clase de preguntas:

—¿Qué haces aquí?

—¿Cómo sabías que entrenábamos a esta hora?

—¿Estás triunfando en la academia?

—¿Qué te han dado para estar tan guapo?

Aunque llevaba poco más que ellas en la capital británica, Jimmy parecía otro. Vestido todo de negro, como los bailarines clásicos, lucía el pelo muy corto y su mirada era a la vez serena e intensa.

Yanara frunció el ceño y Martina supo lo que aquel gesto significaba: tú estás creciendo como bailarín mientras nosotras perdemos el tiempo haciendo gimnasia.

Como si hubiera leído sus mentes, Jimmy dio una palmada y declaró:

—Ya habrá tiempo de hablar, chicas. Vuestro *trainer* debe de estar al caer. ¿Por qué no me enseñáis qué baile estáis preparando?

—Te lo mostraríamos si lo tuviéramos, pero... —empezó Sofía.

—No nos han dejado bailar ni un instante desde que aterrizamos aquí —la atropelló Martina.

—Bueno, eso tiene fácil solución —dijo él—. Bailaréis ahora. Os quiero en el centro de la pista mientras yo... —Se quedó embelesado al ver el piano—. *Oh my God!* Un Steinway & Sons Gran Cola... ¡Será el primero que toco en mi vida!

—Pero ¿tú sabes tocar el piano? —preguntó Martina fascinada.

Por toda respuesta Jimmy se sentó en la banqueta y empezó a tocar a dos manos la sintonía de «Street Dance», dándose ritmo con las teclas graves.

Poseída por un repentino hechizo, Yanara se lanzó por el parquet, deslizándose de lado, y dio dos vueltas sobre sí misma antes de engancharse al ritmo del tema de los BB Brothers.

Sofía, Liu y Martina la secundaron formando una fila tras ella, mientras Violeta atravesaba la pista como un meteorito sin control, cantando a ritmo de rap.

—¡Así me gusta! —gritó Jimmy sin dejar de aporrear el piano—. Escuchad bien: da igual lo que os mande hacer vuestro trainer. Tenéis que bailar en todas partes o no tendréis ninguna posibilidad, *got it?* En un parque cerca de aquí he visto un grupo de chicas dándolo todo. Seguro que pertenecen al concurso. Por eso —sus manos no perdían el ritmo en ningún momento—, a partir de ahora bailaréis en la habitación, en el baño, en la azotea y por supuesto... ¡en la calle!

Tras decir esto, Jimmy dejó de tocar y se dirigió a las emocionadas Saturno Stars:

—Da igual lo que diga vuestro profe. Solo vosotras podéis ganar o perder y no habrá otra oportunidad. *Now or never*. Creo que lo dijo un poeta español: «Si os dan papel pautado, escribid por el otro lado». ¡A bailar!

—*Yes, we dance!!!* —gritaron todas locas de entusiasmo.

Unos aplausos provenientes de la puerta las dejaron heladas por segunda vez aquella mañana. Bob estaba allí, como una sombra amenazadora. Por su expresión de sorpresa, entendieron que había asistido a todo el show, aunque no entendiera una palabra del discurso inspirador de Jimmy.

—Muy bien... —dijo paladeando cada una de las palabras para que le entendieran—. Veo que no perdéis el tiempo.

—Ya casi habíamos dado las diez vueltas —mintió Violeta.

—¡Al diablo con las vueltas! Ya que hacéis lo que os da la gana, vamos a pasar a la segunda fase. Pero antes quiero que veáis algo. Vuelve a tocar esa pieza, chico... —le pidió a Jimmy, que se sentó nuevamente al piano.

Al arrancar de nuevo con «Street Dance», Bob se quitó la chaqueta del chándal y, tras correr hacia el centro de la pista, empezó a girar sobre sí mismo con la pericia de un bailarín clásico, para luego desplegar una coreografía eléctrica y perfectamente sincronizada con el ritmo del piano.

Las cinco Stars y el propio Jimmy se quedaron sin aliento.

19

La noche de Londres

Recuperando su ritual de Ciudad Saturno, aquella noche las Stars cambiaron el Butterfly por la azotea de The Dance Farm, que durante los pocos días sin lluvia servía a todas las chicas de solárium.

Aunque el ambiente era más bien fresco, ocuparon varias tumbonas vestidas en pijama. Tras días de tormenta, el cielo de Londres estaba cristalino y cubierto de estrellas.

—Lo que más rabia me da es haber perdido casi una semana —dijo Martina emocionada—. Jimmy tiene razón: solo si bailamos a todas horas y en todas partes tendremos opciones de ganar.

—¡Eso! —la apoyó su hermana—. Además, aquí no tenemos cole, ni a la abuela Fausti para controlarnos.

—Mientras cumplamos con las dos horas diarias de Bob, el resto del día podemos hacer lo que nos dé la gana —dijo Liu abriendo sus rasgados ojos con entusiasmo—. Por mi parte, pienso montar un taller secreto de costura en la habitación. Esa parte también contará en el juicio de los *referees*. Ya sabéis quiénes son...

—¡¡¡Brian y Brandon!!! —gritaron al unísono.

—No os hagáis ilusiones... —gruñó Yanara—. He visto a las chicas esas del parque que decía Jimmy y bailan de maravilla. Por su acento estadounidense, tienen que ser las B-Girls, esas norteamericanas que viven en París. No tengo estudiadas a las Top ni a las hipsters, pero contra esas locas del breakdance no tenemos ninguna posibilidad...

—Duermen en nuestra planta —apuntó Sofía—. Algunas veces que he pasado por la puerta 301 he oído música break. Tienen que ser ellas.

—¿Crees que las B-Girls inundaron nuestra habitación? —preguntó Martina arqueando la ceja.

—Tal vez sí... —suspiró Sofía—. Me cuesta creer que las Top, con lo majas y elegantes que son, nos hicieran una trastada así. Y las hipsters están en la cuarta planta, quedan descartadas. Habrá que vigilar esas breakdancers para que no nos la vuelvan a jugar.

En este instante Martina se puso en pie y empezó a pasearse nerviosa entre las hamacas.

—Dejemos de pensar en las otras bandas y pongámonos «pies a la obra». ¿Cuándo empezamos?

—¡Ahora! —dijo Violeta, que de inmediato arrancó con un rap:

Venga, Star prepárate a brillar.
Siente el ritmo en tus caderas,
que yo voy a rapear.
Danzaremos en el parque,
baile funky en la cocina.
En el baño, en cualquier parte
y hip-hop en la cantina.
Ganaremos a las hipsters,
entrenándonos con Bob.
Venceremos a las B-Girls
y a las pijas de las Top.

Un chirrido metálico la hizo callar de golpe. Alguien que había estado espiando a través de la puerta de la azotea acababa de cerrarla.

—No os preocupéis, está siempre abierta —repuso Yanara, que ya había pasado en el solárium una mañana en biquini.

—No es eso lo que me preocupa —dijo Martina—, sino que alguien pueda chivarse. El director de The Dance Farm dijo el primer día que las normas de la academia son muy estrictas.

—¿Cuáles eran las normas? —preguntó Violeta—. En esa charla no entendí un pimiento.

—Pues están pegadas por todo el edificio... —le recriminó Sofía—. Incluso aquí, en el solárium.

Para demostrarlo, se deslizó con su pijama azul celeste hasta la puerta desde la que habían sido espiadas. Utilizó su móvil para iluminar la hoja de normas fijada sobre la plancha de acero.

De un total de doce, leyó las cuatro primeras:

1. *La asistencia puntual al desayuno, comida y cena es obligatoria, a no ser que el centro organice algún acto fuera de The Dance Farm.*
2. *Llegar con retraso a los ensayos o hacerlo sin el uniforme de la escuela será penalizado. La reincidencia en este mal hábito será castigada con la expulsión.*
3. *Recibir a personas ajenas al centro, cualesquiera que sean los motivos de la visita, se considera asimismo una falta grave. Nadie puede entrar en las instalaciones sin la invitación del centro.*
4. *Excepto los fines de semana, y siempre bajo la custodia de un familiar o tutor, los alumnos no podrán salir del edificio bajo ningún concepto a partir de las siete de la tarde.*

—¿Qué hora es? —preguntó Martina preocupada.

—Las diez y media ya... —repuso Liu.

—Y... ¿subir a la azotea significa «salir del edificio»?

Sus compañeras se encogieron de hombros, repentinamente inquietas.

20

Un despiste fatal

Las cinco Saturno Stars ocupaban cabizbajas sus asientos en el despacho del director. Vestido con una americana gris y jersey negro, la vieja gloria de la danza se cruzó de brazos mientras las fulminaba con la mirada.

—¿Qué hacíais ayer por la noche en la azotea? El horario del solárium es de diez de la mañana a seis de la tarde.

—No lo sabíamos —se disculpó Sofía, elegida como portavoz por ser la única que dominaba el inglés—. Encontramos la puerta abierta y...

—¿Y porque una puerta esté abierta hay que entrar? ¿Qué educación os han dado vuestros padres?

—No sabíamos que estaba prohibido subir de noche.

—La regla número cuatro dice... —les recordó el director.

—No salimos del edificio —intervino Martina—. La azotea pertenece a The Dance Farm.

—Muy astuta... Ciertamente, ese punto de la normativa es interpretable. Pero la regla número tres no lo es: un amigo vuestro de fuera del centro entró en el gimnasio de las chicas, e incluso se atrevió a tocar nuestro piano, que cuesta una fortuna. ¿No os parece grave? Solo afinarlo ya supera las doscientas libras.

—Nosotras no lo invitamos —titubeó Sofía muy nerviosa—. Es un bailarín que nos entrenaba en Ciudad Saturno y ahora estudia en otra escuela de Londres. Se enteró de que estábamos aquí y quiso darnos una sorpresa...

Martina tragó saliva. No sabía quién se había chivado de aquella visita, pero dio gracias al cielo de que el director no supiera también que habían acudido al primer entreno tarde y sin el uniforme oficial, aunque no fuera por su culpa.

Por la incipiente relación de Bob y Brenda —los habían pillado el domingo por la noche con las manos entrelazadas en el Butterfly—, prefirió pensar que había sido el vigilante de día quien se había chivado.

—¿Nos va a echar de la academia? —preguntó Violeta con ojos de conejito asustado.

El director se puso en pie mientras murmuraba algo para sus adentros. Era muy alto y esbelto para su edad, pensaron las chicas, ya que las arrugas de su piel revelaban que pasaba de los setenta.

Posó sus ojos claros sobre cada una de las Stars y luego dictaminó:

—Todavía no, sería demasiado cruel expulsaros el día antes del Open Dance. Pero os aseguro que a la próxima norma que infrinjáis os pondremos de patitas en la calle.

—¿Open Dance? —repitió Martina—. ¿Qué es eso?

El director la miró con ojos de incredulidad antes de responder:

—¿Me estás tomando el pelo?

—No, señor director. —Sofía acudió en su ayuda—. No sabemos de qué se trata.

El hombre lanzó un par de maldiciones en su idioma. Acto seguido explicó:

—La convocatoria está colgada en todas las plantas del edificio. ¿Es que no sabéis leer?

—En inglés, no mucho —respondió Violeta antes de que su hermana le tapara la boca.

—¿Y Bob? ¿No os ha dicho él que mañana todas las bandas bailarán en Hyde Park? Será la primera exhibición pública del concurso. Todas las teles, incluso la BBC, estarán allí.

Liu sintió que iba a desmayarse, pero Sofía la agarró. También ella estaba temblando.

—Bob no nos ha dicho nada... —dijo Yanara con expresión furiosa—. ¿Mañana, dice? ¿Bailar con público y delante de todas esas teles? *Oh, my God!*

El director se puso a reír de repente, como si aquella situación le pareciera terriblemente divertida.

—Ese Bob... —dijo mientras se secaba las lágrimas con un pañuelo de hilo—. Es un bailarín prometedor, pero tiene menos seso que una mosca. ¿Cómo se le puede haber pasado? Debe de estar enamorado...

Las chicas asintieron, hundidas moralmente, mientras el director seguía:

—¡No importa! De todos modos, es solo una exhibición. La prueba que cuenta para el concurso será una semana más tarde. ¿A qué hora tenéis mañana el entreno?

—Ocho y media —dijeron todas.

—Pues olvidadlo. A las nueve tenéis que estar en el Hyde Park para que os asignen un lugar para bailar.

Se hizo un silencio sepulcral, aunque las Stars tenían ganas de llorar y gritar de pura desesperación.

El director concluyó:

—Y ahora, largaos. Os veré mañana en el parque.

Esa noche, Martina le pidió el móvil a Brenda. Aquello era una emergencia y solo había una persona que podía ayudarlas.

Martina
Jimmy. Las Stars te necesitamos.
¿Podrás venir mañana al parque
que hay junto ala academia?

Jimmy
Of course, darling.
Allí estaré a primera hora.

TDF

21

Madrugón

El despertador de las Stars sonó a las cinco y media de la madrugada, aunque no habían logrado dormir un solo minuto.

Martina tomó el mando de aquel despropósito que había convertido su debut público en misión imposible.

—Ya nos duchamos ayer por la noche, así que tenemos solo quince minutos para peinarnos y vestirnos. Liu, tú te encargas del estilismo.

—¿De qué estilismo hablas? —dijo, enfadada y con los ojos hinchados de no dormir—. ¡Aún no he podido preparar las faldas! Me falta coserles el tul y pegar la purpurina a los maillots.

—Pues habrá que recurrir a lo que nos pusimos en Ciudad Saturno —repuso Martina revolviendo en su maleta—. Quizá nuestra camiseta de siempre nos dé suerte.

—Yo no pienso bailar —declaró Yanara, furiosa, antes de volver a la cama y taparse la cabeza con la sábana—. Paso de hacer el ridículo delante de millones de personas que verán el programa. Y más vale que no me cruce con Bob porque me va a oír. ¡Ha arruinado nuestro debut!

Dicho esto, la oyeron sollozar bajo las sábanas.

—¡Ostras!... —exclamó Liu—. Nunca la había visto así.

Las cuatro amigas se arremolinaron alrededor de su cama, intentando que entrara en razón, pero fue inútil.

—Nosotras sí bailaremos —decidió Martina al fin—, aunque hagamos el mayor ridículo de la historia de Inglaterra.

Al bajar las escaleras, a las seis de la mañana, les llegó el murmullo de otras bandas que habían ma-

drugado como ellas. Incluso la cantina de los desayunos estaba ya abierta para que las alumnas cogieran fuerzas antes de aquella primera prueba.

Dispuestas a no perder ni un minuto de ensayo, las cuatro Stars se llevaron un panecillo y una pieza de fruta y salieron a la calle para cumplir el plan previsto.

Siguiendo la inspiración de las B-Girls, habían decidido ensayar intensivamente de seis a ocho y media en el parque más cercano a The Dance Farm. Luego tomarían el metro en dirección a Hyde Park.

Nada más cruzar la valla de setos, buscaron un lugar tranquilo donde sentarse en aquella explanada de césped y árboles frondosos.

—Parece que no somos las únicas que hemos tenido esta idea... —advirtió Liu ante los soniquetes que se entremezclaban en el parque—. Creo que toda la escuela está aquí ensayando.

—Qué originales somos... —dijo Violeta—. Tendríamos que habernos quedado en la cama, como la fashion. Ahora las demás conocerán nuestros secretos.

—¡Qué secretos ni qué leches! —gritó Yanara apareciendo de improviso tras ellas—. Aún no tenemos un solo paso de nuestra coreografía... Sois conscientes, ¿verdad?

—¿No decías que te negabas a bailar? —preguntó Martina ocultando el alivio de tener con ellas a la quinta estrella.

—Eso he dicho, sí, pero no os pienso dejar tiradas. Sin mí no tenéis ninguna posibilidad de hacer un papel digno.

—Tú siempre tan sobrada —la provocó Sofía.

—Ninguna estrella de Saturno es más que otra —intervino Martina—. ¿Empezamos a bailar juntas o qué?

—*Yes, we dance!!!*

Unas risas lejanas delataron que la escena había sido contemplada por alguna otra banda.

Sin hacer caso a las burlas, Martina conectó su móvil a un altavoz a pilas que habían traído en la maleta. Cuando la sintonía de «Street Dance» empezó a sonar, las cinco Stars se pusieron en formación, pero ninguna arrancó a bailar.

—¿Cómo empezamos? —preguntó Sofía, hecha una manojo de nervios.

Una voz masculina las sobresaltó.

—Como la última vez.

—¡Jimmy! ¡Ha venido!

Todas las Stars le abrazaron a excepción de Yanara, que hizo una mueca de fastidio y murmuró:

—Ya llegó el top model de la danza.

Martina pensó que la fashion estaba en lo cierto. No se debía tanto a su indumentaria —pantalones negros de danza y camiseta de tirantes— como a su elegante forma de caminar y de moverse.

Sin tiempo que perder, Jimmy chasqueó los dedos y ordenó:

—¡Todas a vuestras posiciones! Quiero que repitáis la misma coreografía que hicisteis en la final de Ciudad Saturno.

—¿La misma? —preguntó Yanara, decepcionada.

—Sí, solo para el Open Dance de hoy. Puesto que no hay tiempo de preparar algo nuevo, es mejor ir a lo seguro.

22

Open Dance

En Hyde Park había estallado la locura. Cuando las Saturno Stars llegaron al pulmón verde del centro de Londres, miles de curiosos se agolpaban alrededor de la zona conocida como Italian Garden.

Allí la organización había dispuesto un entarimado donde, en ese momento, una presentadora de color explicaba lo que acontecería aquella mañana en el parque.

—Damos la bienvenida a las bandas de toda Europa que participan en el proyecto artístico de nuestra productora. ¡Gracias por estar aquí, chicas!

Desde varios puntos del parque se empezaron a oír voces que coreaban:

—*Yes, we dance! Yes, we dance!*

Entre la multitud que asistía a aquella fiesta al aire libre, los bancos estaban ocupados por ancianos británicos que charlaban entre sí, tratando de entender qué estaba sucediendo aquel miércoles.

Algunas bandas tenían incluso sus propias paradas con merchandising para que el público pudiera comprar camisetas, gorras o chapas de las participantes.

Un becario de la discográfica condujo a las Saturno Stars hasta el lugar que les correspondía entre las veinticuatro bandas: Rime Statue, que mostraba a una mujer desnuda con los brazos en alto.

Dos altavoces y tres cámaras acotaban el espacio donde las Stars se darían a conocer al mundo aquella mañana.

—Mira, las Hipster Girls —dijo Liu señalando un grupo de chicas trajeadas que se dirigían directamente hacia ellas.

Levantando la cabeza, Sofía fingió que no las veía y siguió su camino hacia el escenario al aire libre. Una pierna malintencionada, sin embargo, se deslizó entre las suyas y la hizo caer al suelo.

—¡Muy bien hecho, Chris! —felicitaron las hipsters a su líder, justo cuando Yanara se enfrentaba a ella y le daba un empujón.

—¡Fuera de nuestro país, muertas de hambre! —la increpó otra de las británicas.

En medio del barullo, una periodista pelirroja corrió cámara en mano hacia las chicas para retransmitir lo que pasaba. Yanara sacó a Chris del plano con un golpe de cadera que hizo que enrojeciera de rabia.

—Look at this beautiful girl! —dijo la periodista acercando el micro a la fashion—. *Are you ready to dance?*

—Estamos ansiosas por empezar a bailar —explicó en su mejor inglés—. Es un honor para nosotras formar parte de esta gran fiesta de la danza.

Las hipsters fulminaron a Yanara con la mirada.

—Se nota que tienes el cuerpo bien entrenado —comentó la periodista—. Seguro que vas a lucirte. Y, quién sabe, quizá un cazatalentos te descubra esta mañana y tu vida cambie para siempre.

—No me interesan los premios individuales —mintió llevándose la mano al corazón—. Yo no soy nada sin mis compañeras. Hemos venido hasta aquí para cumplir un sueño juntas.

Sofía puso los ojos en blanco mientras Liu y Martina se miraban divertidas. Había que reconocer que Yanara sabía quedar bien delante de las cámaras.

* * * * * * *

En aquel momento, «Street Dance» empezó a sonar simultáneamente en veinticuatro espacios del parque. Las Stars se colocaron inmediatamente en sus posiciones y empezaron a desplegar la coreografía que habían repasado durante dos horas y media con Jimmy.

Mientras tanto, en el Italian Garden, una pantalla gigante iba mostrando los bailes de todas las bandas.

El público se entusiasmó con la elegancia de las Bolshói, que habían adaptado una coreografía clásica a aquella canción, lo cual parecía una misión imposible.

Por su parte, las Top habían preparado una *coreo* llena de piruetas y desafíos gimnásticos, que mostraba su excelente estado de forma.

Las B-Girls asombraron al público con un festival de saltos imposibles, falsas caídas y movimientos eléctricos perfectamente sincronizados.

Cuando llegó el turno de las Saturno Stars, las chicas lograron una buena actuación. Conocían tan bien la *coreo* que lograron clavarla sin esfuerzo.

Una de las sorpresas de la exhibición fueron las Hipster Girls, que después de un sinuoso baile en el que un sombrero iba cambiando de cabeza, se deshicieron de sus trajes para acabar danzando con unos shorts plateados y un top del mismo color.

—¡Bravo, chicas! —La presentadora volvió al escenario en cuanto se acabó la canción—. Cada banda con su estilo propio, esta mañana hemos podido presenciar en Hyde Park cuánto talento hay en Europa. ¡Un fuerte aplauso para las participantes!

De todas partes del parque, una ovación formada por miles de manos hizo vibrar las hojas de los árboles.

—Y ahora... —siguió la presentadora con una sonrisa pícara— quiero avanzar lo que sucederá en el próximo Open Dance, que será el miércoles que viene.

Se hizo un silencio expectante en Hyde Park.

—Lo que sucederá es que Brian y Brandon acudirán en persona a veros bailar, chicas.

Ante aquella noticia, una avalancha de gritos histéricos asustaron a los ancianos que seguían, pasmados, el espectáculo.

—No os pongáis nerviosas y entrenad duro, artistas —siguió la locutora—. Tenéis una semana para prepararos y dar lo mejor de vosotras mismas.

Desde su puesto en Rime Statue, Liu dijo:

—Creo que el miércoles que viene voy a desmayarme aquí mismo.

Yanara la fulminó con la mirada.

Por megafonía les llegó la última advertencia de cara al siguiente miércoles.

—Tened esto muy presente: los BB Brothers no vienen a divertirse, sino a elegir a las cuatro bandas finalistas.

Un nuevo grito, aún más agudo e histérico, atravesó el parque de punta a punta.

HHHHHHH
HHHHHHHHHHHHH

23
La gala benéfica

El pánico se había instalado en The Dance Farm y los grupos ensayaban a todas horas y en todas partes. El director del centro había tenido incluso que abrir el gimnasio día y noche para que las alumnas pudieran dar rienda suelta a sus coreografías.

En medio de aquella locura colectiva, las Saturno Stars habían decidido levantarse dos horas antes por la mañana para ensayar mientras las otras dormían.

Iban al parquecillo con Brenda, para no saltarse ninguna norma, y también con Jimmy, que solo disponía de aquellas horas de la madrugada para instruirlas antes de ir a la academia. Luego entrenaban con Bob, que corregía algunos pasos y posiciones, y valoraba las novedades que las Stars iban introduciendo, día a día, en su espectáculo.

En una de ellas, Martina y Yanara hacían un dueto muy pegadas a un ritmo frenético. La dificultad radicaba en no darse un manotazo y en clavar cada movimiento perfectamente sincronizadas.

Después de tres días bailando hasta caer rendidas, el sábado por la noche Martina y Sofía fueron a la gala benéfica en la que participaban Los Ángeles del Norte. Las llevó Brenda, que se había comprometido a recogerlas justo cuando terminara el espectáculo.

A medida que su romance con Bob se iba afianzando, la tutora de las Stars estaba cada vez más guapa y atenta.

—Tengo el corazón disparado —dijo Sofía, ya a solas, mientras hacían cola para entrar en el Festival Hall—. Solo de pensar que tendré a Markus delante de mí me da un soponcio.

—Tú respira hondo y no te pongas nerviosa —la aconsejó Martina—. ¿De verdad piensas meterte en los camerinos?

—¡Sí! Hoy o nunca... Cuando termine el espectáculo iré hacia allí y le pediré a Markus una foto juntos. Luego le confesaré que lo quiero y que en realidad estoy en Londres por él.

Martina sonrió ante la ingenuidad de su amiga, pero no comentó nada. Más adelante en la fila, se fijó en un grupito de chicas muy guapas que llevaban gorras.

—¿No son esas las Bolshói?

—Sí... Esta mañana me he cruzado con ellas de

camino al solárium —recordó Sofía—. Están alojadas en la quinta planta. Charlaban entre ellas en su idioma, totalmente a su rollo.

En aquel momento llegó Jimmy, que vestía vaqueros negros, una camiseta gris y un gorro fedora de lo más cool.

—Ya estabas tardando —le dijo Martina muy feliz tras recibir dos besos en las mejillas—. El espectáculo empieza dentro de cinco minutos.

—¿No viene tu hermanita?

—Ya le gustaría..., pero es demasiado pequeña para ir a un espectáculo a las nueve de la noche.

Brenda ya debe de estar encima de ella para que se duerma.

—¿Y Yanara?

—No le interesa la gala benéfica. En su cabeza solo existen el miércoles que viene y su adorado Brian, igual que para Liu. Ninguna de las dos ha querido venir.

Tras comprar las entradas, pudieron acceder al recinto, que era enorme y majestuoso. Sofía corrió a ocupar un asiento libre que había visto en la segunda fila, mientras Martina y Jimmy se conformaban con dos butacas en la parte trasera de la sala.

—Desde aquí se verá mejor el espectáculo en conjunto —la consoló él.

—No necesito estar delante de todo. —Martina sonrió—. A mí no me ha robado el corazón ningún Ángel del Norte.

En aquel momento las luces se apagaron y, sin presentación alguna, empezó el primer espectáculo de la velada: un coro de chicas de Brixton interpretaban temas de películas sobre un fondo de música.

A continuación subió al escenario una pareja de jóvenes magos que pasaban más tiempo hablando y bromeando —Martina no entendía una palabra— que haciendo juegos de manos.

Cuando tomó el relevo una soprano de quince años acompañada de un pianista, Jimmy susurró al oído de su amiga:

—Esto va para largo... ¿Qué te parece si nos escapamos y volvemos un poco antes de que termine la gala?

24

London Eye

Mientras caminaba junto al Támesis de la mano de Jimmy, Martina sentía cómo su corazón se aceleraba. Se dirigían al London Eye, la noria futurista desde la que podía verse todo Londres iluminado.

Él había propuesto que aprovecharan aquella hora lejos de la vigilancia de Brenda, que no iría a buscarlas hasta las once, para ver la ciudad desde las nubes.

Tras pagar casi treinta libras cada uno, Jimmy acompañó a su amiga hasta la cápsula de cristal. Cuando el empleado de la noria cerró la compuerta para que pudiera iniciar su vuelo, Martina se dio cuenta de que no había entrado nadie más, aparte de ellos dos.

Un minuto después, empezaron a elevarse silenciosamente. Una alfombra infinita de luces se extendía ante ellos, tan lejos como alcanzaba la vista.

Apoyada en la barra frente a la cristalera, Martina se sobresaltó al sentir cómo él le pasaba el brazo por el hombro.

—Se ve muy bien la torre de Londres desde aquí —comentó nerviosa—. Y mira cómo reluce la catedral de Saint Paul...

—Más relucen tus ojos —dijo Jimmy acercando su cara a la de ella—. *They are amazing*... Por cierto, ¿estás enfadada conmigo?

—¿Enfadada? ¿Por qué iba a estarlo?

—Por mi culpa te estás perdiendo a los Ángeles del Norte. Tal vez ya estén ahora en el escenario.

—Ese Markus y sus Ángeles me traen sin cuidado —declaró ella—. De hecho, solo he venido para acompañar a Sofía.

—Y para estar conmigo, ¿no? Gracias a esos rubitos ahora estamos volando sobre la ciudad... los dos solos. *You and I.*

El corazón de ella latió todavía más fuerte. Trató de concentrarse en la visión panorámica sobre Londres, pero en aquel momento Jimmy se lanzó.

—Te quiero, Martina.

—Y yo a ti. —Le tembló el labio al pronunciar estas palabras—. De no ser por tu ayuda, seríamos incapaces de presentarnos al próximo Open Dance.

—Es un placer entrenaros, *darling*. Pero yo estoy hablando ahora de nosotros dos. ¿Puedo preguntarte algo?

—Sí, claro...

Jimmy le había dado la espalda a la ciudad y ahora miraba fijamente a Martina mientras apoyaba las manos en sus hombros.

—¿Qué sientes por mí?

—Te quiero mucho, Jimmy, pero...

—Imagino que ese pero tiene algo que ver con Niko, ¿verdad? ¿Estáis juntos?

Ella respiró agitadamente, pensando cómo podía responder a aquella pregunta. Finalmente dijo:

—Nos conocemos desde la escuela y siempre nos hemos gustado. Antes de venir a Londres, él me preguntó si quería salir con él y...

—¿Qué le dijiste? —preguntó Jimmy, visiblemente afectado.

—No le he dado una respuesta aún. Él está en un stage de fútbol y...

El corazón de Martina se ensombreció al recordar las fotos con la futbolista vikinga.

—¿Y? —la instó Jimmy.

—Bueno, no creo que piense en mí mientras se prepara para ser una estrella del fútbol.

—Eso es imposible.

—No creas —lo defendió Martina—. Es muy buen delantero. De hecho, las pruebas para entrar en ese stage eran muy difíciles y las pasó.

—Me estaba refiriendo a otra cosa —dijo Jimmy con su rostro muy cerca del de ella—. No dudo que

Niko pueda ser una estrella del fútbol. Pero es imposible que haya dejado de pensar en ti un solo instante. *No way.*

—¿De verdad lo crees?

Por toda respuesta los labios de Jimmy se unieron a los de Martina, que cerró los ojos mientras la cabina se elevaba por encima de millones de sueños.

25

Confidencias en la oscuridad

Tras una noche llena de acontecimientos, las Saturno Stars no conseguían dormir. Especialmente Martina y Sofía, que no paraban de moverse en sus camas.

Liu, a quien habían encontrado dormida al regresar a medianoche, acabó despertándose con tanta agitación y preguntó a sus amigas en la oscuridad:

—¿Se puede saber qué os pasa?

—No puedo dormir... —confesó Martina.

—¡Ni yo! —Sofía se incorporó.

Una risita de Liu precedió a su comentario:

—Eso es porque has visto al líder de los Ángeles del Norte... ¿Cómo se llamaba?

—Markus... Ha sido increíble. Tenían montado un tejado de cartón piedra en el escenario y han bailado de locura.

—Cuéntale lo que has hecho al terminar el espectáculo... —intervino Martina con malicia.

—¡Explícale tú por qué te has perdido a los Ángeles del Norte! —contraatacó Sofía.

—Vayamos por orden, chicas... ¿Por qué no venís a mi cama y me lo contáis todo?

Segundos más tarde, las tres amigas se arrebujaban bajo las mismas sábanas.

—Esto es una fiesta de pijamas en toda regla —dijo riendo la dueña de la cama—. Vamos, Sofi, cuenta primero tú qué has hecho.

—Pues... Después de que los Ángeles agradecieran los aplausos del público, he logrado colarme en el camerino. En la puerta había una empleada del teatro, pero le he dicho que era una amiga de Markus. Ella me ha creído y me ha dejado pasar.

—Uau... Eso es ser atrevida —dijo Liu, admirada—. ¿Y cómo te ha recibido? ¡Cuenta!

—Pues al principio se han quedado sorprendidos de que estuviera allí. Se habían quitado las camisetas sudadas y se estaban secando con toallas mientras bebían agua. ¡Vaya cuerpazos! Entonces va y aparezco yo pidiéndoles una foto con ellos. —A Sofía le tembló la voz al decir—: Markus me ha mirado fijamente; en ese momento quería morirme, y me ha preguntado: «Who are you?».

—¡Ja, ja, ja, ja! Era lo que tenía que preguntar, claro.

—Yo le he dicho que también soy bailarina y le he contado que hemos venido a Londres para participar en el *Yes, we dance!* Me ha respondido que conocía el concurso y que incluso nos había visto por la tele.

—¡Toma ya! —exclamó Liu, eufórica—. ¿Y qué más te ha dicho?

—Espera... ¡Ahora viene lo mejor! Me ha preguntado cuándo se eligen a las cuatro bandas finalistas y le he contestado que el próximo miércoles, después de que hayamos bailado en el segundo Open Dance. —Sofía soltó un suspiro antes de decir—: Me ha prometido que vendrá a Hyde Park para darme ánimos. Estará ahí delante cuando bailemos. ¡Voy a morirme!

—También me voy a morir yo cuando vea a Brian... Pero eso no debe distraernos de los entrenos. Quedan tres días para practicar y vamos lanzadas.

—¡Sí! —exclamaron sus amigas.

—La coreografía de Jimmy queda genial con las mejoras que ha propuesto Bob —apuntó Liu, entusiasmada—. Si nos machacamos desde mañana domingo hasta el miércoles tenemos opciones de pasar a la final. ¡Que tu Ángel del Norte no te haga tropezar!

—¡Nooooooooo...! Al contrario, me servirá para esforzarme aún más. Eso sí... —añadió Sofía—, cuando terminemos, me voy a lanzar a sus brazos. Esa será mi forma de decirle que lo quiero.

—¿Y tú, Martina? ¿Por qué no has visto a los Ángeles del Norte?

La aludida tomó aire antes de contar su historia. Después de aquel beso, habían regresado al teatro en silencio y luego a la residencia.

En medio de su desvelo, ni ella misma sabía aún lo que sentía.

26

¡Sabotaje!

Los cinco ensayos diarios programados para domingo, lunes y martes se cumplieron a rajatabla. En el último, que había tenido lugar en la azotea de The Dance Farm, tras pedir permiso al director, Bob había cuidado hasta el último detalle para que nada pudiera salir mal en el Open Dance de la mañana siguiente.

A las once de la noche las mandó a su habitación y les ordenó que el miércoles no madrugaran para ir al parquecillo. Estaban suficientemente preparadas y necesitaban dormir para que sus cansados músculos se recuperaran y los nervios no les jugaran una mala pasada.

Una vez acostadas, Brenda llevó una infusión para cada una y las despidió con un beso en la frente antes de desearles buenas noches.

Cuando el despertador sonó a las siete y media de la mañana, saltaron de sus camas con entusiasmo por afrontar aquel gran reto. Sus compañeras de la habitación contigua llamaron a la puerta para unirse a los preparativos.

—Tenemos media hora para vestirnos y otra media para llegar a Hyde Park —informó Martina ejerciendo de jefa de operaciones—. A las nueve menos cuarto tenemos que estar ya en nuestros sitios para que los BB Brothers nos saluden antes de empezar a bailar a las nueve en punto.

—Eso va a ser increíble... —suspiró Liu.

—Recuerda que Brian es mío —advirtió Yanara con expresión tensa—. No me la juegues coqueteando con él cuando vengan a saludar.

—Tengo tanto derecho como tú a estar enamorada de él. ¿Quién te has pensado que eres?

Antes de que estallara una pelea en el momento más inoportuno, Martina se interpuso entre ellas y ordenó:

—¡Basta de ser tan pavas! Tenemos que vestirnos y arreglarnos. No-

querréis que los BB Brothers nos vean hechas unos estropajos...

—Esos hermanos lo van a flipar... —dijo Violeta, que acto seguido se arrancó con un rap—: «Ha llegado nuestro turno, las estrellas de Saturno. BB Brothers allá vamos, que hoy nos clasificamos».

A continuación, Liu comprobó que sus creaciones les encajaban como un guante. Había ideado unas preciosas faldas de raso y tul, doradas y acabadas en cinco puntas, de manera que puestas les daba aspecto de estrellas relucientes. En la parte superior había customizado unos maillots rosa pálido con sus iniciales cubiertas de purpurina.

Liu las maquilló una a una con sombras doradas y mucha purpurina en la cara

—Cuanto más brillemos, mejor... —dijo Liu mientras remataba su obra con Violeta—. Somos estrellas, ¿no? ¡Pues que se note!

Para dar más expresión a la mirada, les había puesto rímel negro y eyeliner en el nacimiento de las pestañas.

El peinado consistía en un tenso moño trenzado con una cinta dorada.

—Estáis todas guapísimas —declaró Martina, satisfecha—, pero se nos ha hecho un poco tarde. Tenemos veinticinco minutos para llegar en metro y ocupar nuestro lugar en el parque. Supongo que volveremos a estar en Rime Statue.

Antes de salir de la habitación, las cinco se abrazaron y empezaron a saltar emocionadas. Luego Yanara encabezó con paso firme la marcha hacia la puerta.

Al girar el pomo, sin embargo, esta no se abrió.

—¿Qué diablos pasa? ¿Alguien ha cerrado con llave?

—¡Qué va! —saltó Martina—. Estas puertas no tienen cerradura... Se abren con la tarjeta magnética y para salir solo hay que girar el pomo.

—A ver...

Liu, que era la más hábil con las manos, se metió entre ellas para girar el pomo y empujar la puerta. Esta vez tampoco se abrió. Respirando agitadamente, repitió la operación pegando la oreja a la madera.

—Se oye perfectamente cómo se mueve el pestillo, pero hay algo que traba la puerta. ¿Empujamos todas a la vez?

Mientras Liu mantenía el pomo girado hacia la derecha, las otras cuatro se lanzaron en tromba contra la puerta, que resistió el embate dejándolas a todas doloridas.

—¡Maldita sea! —gritó Yanara con lágrimas en los ojos—. Alguien ha puesto algo en la puerta, quizá cemento líquido, para que no podamos salir.

27

La gran catástrofe

Después de diez minutos tratando de echar la puerta abajo sin éxito, Brenda empezó a llamarlas desde el otro lado con voz alarmada.

—¿A qué estáis jugando? Falta un cuarto de hora para que empiece el Open Dance.

—¡No podemos salir! —chilló Violeta—. ¡Se ha atrancado la puerta!

—La misma banda rival que nos inundó la habitación nos ha bloqueado la salida de algún modo... —dijo Yanara hecha una furia—. ¡Avisa al vigilante!

—Hay una pasta gris en la ranura de la puerta, sí... —oyeron que decía Brenda desde el otro lado—. Bajo ahora mismo a avisarle. No os mováis de ahí.

—¡Cómo vamos a movernos! —protestó Liu, al borde de un ataque de nervios.

Cinco minutos más tarde, Brenda regresó y les dijo muy preocupada:

—No está... Y tampoco he encontrado al director del centro. De hecho, no hay nadie en todo el edificio. Está desierto...

—¡Pues claro! —gimió Yanara—. Están todas en Hyde Park a punto de bailar y nosotras...

—Tengo una idea —dijo Violeta abriendo la ventana—. ¡La escalera de incendios!

—¡Ni se os ocurra! —gritó Brenda desde el otro lado.

Sin hacer caso a su tutora, las cinco Stars salieron por la ventana y, desde el alféizar, lograron salvar la distancia que las separaba de la escalera de emergencia, que estaba entre la 303 y la 302.

Tras bajar como un rayo, ni siquiera fueron a dar explicaciones a Brenda. Salieron disparadas hacia la puerta de la residencia y luego corrieron calle abajo hasta la boca de metro.

A diez minutos de que empezara el Open Dance, sus peinados, el maquillaje y la cuidada caída de sus vestidos se había echado a perder.

Cuando llegaron a Hyde Park, sudadas de la cabeza a los pies y con los pelos desmarañados, una enorme ovación les indicó que todas las bandas habían bailado ya «Street Dance».

El mismo becario que las había acompañado una semana antes se sorprendió al verlas llegar a esa hora y con aquellas pintas.

—*I'm sorry...* —dijo con tono lúgubre—. *The show has finished. You are out.*

Violeta empezó a llorar desconsoladamente mientras Yanara echaba mano de todos los insultos, tacos y maldiciones que había oído en su vida.

Por su parte, Sofía y Martina se abalanzaron sobre el becario. Le explicaron con lágrimas en los ojos que habían sido víctimas de un sabotaje, y que no era culpa de ellas que no hubieran llegado a tiempo para bailar.

—*I'm sorry. Now it's over...*

El mayor drama en la vida de las Saturno Stars fue interrumpido por la megafonía, cuando la voz de la presentadora anunció:

—Nuestros admirados Brian y Brandon están abandonando el parque ahora mismo para atender un compromiso de su discográfica, pero después de ver vuestras actuaciones, me han dejado una nota muy especial... —Un murmullo largo y vibrante se alzó desde todas partes de Hyde Park—. Ya imagináis lo que es: los nombres de las cuatro bandas que pasarán a la gran final, que tendrá lugar el 1 de agosto.

Mientras sus compañeras se abrazaban, llorando y gritando de frustración, Liu empezó a sentirse verdaderamente mal. Todos aquellos entrenos extenuantes para nada, la carrera hasta el metro y luego hasta el parque sin haber desayunado, y aquella horrible decepción le estaban pasando factura.

Apoyada en un árbol, sintió que un sudor frío le empapaba la nuca y que las piernas le fallaban.

De repente, un estallido de gritos precedió a una avanzadilla de guardias de seguridad, que abrieron camino para...

—¡Los BB Brothers! —exclamó Sofía, fuera de sí.

Como una muñeca sin voluntad, una palidísima Liu salió al encuentro de Brian para explicarle lo que había pasado. Extendió los brazos hacia él, como una zombi, antes de caer desmayada en medio del griterío.

28

Estrellarse con estrella

Dos días después de aquel miércoles cargado de acontecimientos, las redactoras secretas del *Yes, we* DANCE resucitaron el Informer para una entrega especial de fin de semana.

Gracias a las conexiones por televisión y a las actualizaciones de YouTube, las noticias frescas que llegaban a Ciudad Saturno estaban causando sensación.

★ *Yes, we* ★
DANCE
made in London

STRANGE WEDNESDAY

Las redactoras de está página no salen de su asombro ante las muchas novedades «made in London» que han invadido las redes como un huracán

informativo desde lo que ya se ha bautizado como STRANGE WEDNESDAY.
¡Mucha atención a lo que sigue porque ha sucedido de todo y más!
¡¡¡Adelante con las primicias!!!

En la foto del primer post, las chicas de las cuatro bandas ganadoras —Las B-Girls, las Hipster Girls, las Top y las Bolshói— levantaban las manos con el signo de la victoria, subidas a la tarima en el Italian Garden, mientras eran aclamadas por miles de jóvenes reunidos en Hyde Park.

NO CANTÉIS VICTORIA AÚN, BOLSHÓI...

En una jornada de auténtica locura, el segundo Open Dance se saldó con cuatro finalistas bastante previsibles, aunque la sorpresa tendría lugar justo después del final. ¿Nos seguís?

Antes de abandonar el parque entre el clamor de las fans, los BB Brothers entregaron a la presentadora su selección en un papel doblado bastante cutre (después de tanta parafernalia, ¿no había presupuesto para un tarjetón y un sobre de una libra?)

Tras saludar a todas las participantes y seguir sus actuaciones en veinticuatro pantallas simul-

táneamente (¿cómo pudieron verlo todo a la vez?) no tardaron ni tres minutos en pasar a la presentadora la selección de las afortunadas:

1. ***TOP.*** *Las alemanas gustaron por la perfección de sus movimientos, que parecían calculados al milímetro (y porque están cañón, eso también debió de darles algún puntillo, ja, ja, ja).*
2. ***B-GIRLS.*** *En nuestra opinión, de esas cuatro finalistas son las mejores. Su coreografía breakdancera fue ¡¡¡una auténtica pasada!!!*
3. ***HIPSTER GIRLS.*** *Originales, como mínimo, y con un mal gusto para vestir también remarcable. Desde el Informer sospechamos que todo ese arsenal de sombreritos, camisas y pantalones anchos sirven para ocultar alguna alopecia y más de un culo gordo.*
4. ***BOLSHÓI.*** *Preciosas, clásicas e impecables. Bueno, esto último solo en cuanto a su técnica de danza, porque cuando sepáis lo que sigue... ¡Agarraos fuerte, chicas!*

El siguiente post tenía una foto que había cosechado más de trescientos «Me gusta» y un aluvión de comentarios de todo tipo. Una blogger londinense había cazado con su cámara a Brian tomando en brazos a Liu, sin conocimiento.

LAS ESTRELLAS SE ESTRELLAN CON ESTRELLA

Aunque no habrían tenido ninguna oportunidad, nuestras chicas del barrio no llegaron a participar en esta ronda decisiva por una PEGAJOSA razón: una mano negra (es un decir) selló su puerta justo cuando tenían que acudir a su cita con la fama.

Tras intentar derribar la puerta abajo, acabaron saliendo por la ventana y, arriesgando su vida (TODO SEA POR EL ARTE), lograron llegar a la escalera de incendios y salir heroicamente de la residencia de bailarinas... ¡demasiado tarde, por supuesto!

Cuando llegaron a Hyde Park, todo había terminado y Liu se desmayó del disgusto. Las fuerzas le abandonaron justo cuando pasaba Brian por allí, que la tomó en brazos para llevarla a enfermería.

¡Uauuuuuuuu!

¡Cuantos millones de chicas querrían estar en tu lugar, Liu!

El tercer post del Informer especial de fin de semana tenía como foto una señal de prohibido el paso. Era, de calle, la entrada con más comentarios y exclamaciones de toda la página.

LOS CISNES SE CONVIRTIERON EN PATITOS FEOS, Y LOS PATITOS FEOS EN CISNES (¡VAYA POTRA!)

¿Creíais que con eso terminaba todo? ¡¡¡Pues no!!! Poco después de tan terribles sucesos pasó algo que nos ha dejado a todas con la boca abierta.

Tras denunciar el sabotaje al director de The Dance Farm, una inspección por las habitaciones de las participantes descubrió en el armario de las Bolshói un bote de cemento líquido que había sido desprecintado.

Aunque las rusas juraron por Dios y por Satanás que aquello no era suyo y no tenían nada que ver con la trastada a las Saturno Stars, han sido expulsadas de la escuela y tampoco podrán acudir a la Gran Final.

¡A paseo, tramposas!

En un acto de justicia que honra a los BB Brothers, han decidido que su puesto lo ocuparán las damnificadas por este feo truco, es decir, las...

¡SATURNO STARS!

¡Y eso sin haber bailado! 😛😛😛

Sin pretenderlo, las Bolshói les han regalado el pase a la final.

¿Han nacido o no con estrella estas cinco chicas?

VIOLETA
SOFIA

29
Congelados

Tras una semana más de intensos ensayos, las Saturno Stars empezaban a creer que, como mínimo, harían un papel digno en la final.

A solo tres días del gran momento, el escenario de gala ya había sido construido en Hyde Park para alumbrar a las ganadoras la primera noche de agosto.

Aquella mañana en el gimnasio, Bob se esforzaba por poner cordura en algunas propuestas que las chicas habían preparado con Jimmy, que dedicaba todas sus horas libres a entrenarlas y a introducir novedades en la *coreo*.

—El paso del espejo está bien, siempre que vayáis perfectamente sincronizadas. En cuanto a lo del dominó... —El entrenador se interrumpió un momento para saludar con la mano a Brenda, que acababa de instalarse en las gradas para seguir el ensayo—. ¿Qué decía? Ah, sí, el dominó... Si sois capaces de levantaros a tiempo, después de caer una sobre la otra como fichas, para sujetar a la siguiente, el público alucinará... Ahora, también puede ser que acabéis todas en el suelo.

—Deberías tener más fe en nosotras —reclamó Martina—. Sea como sea, nos hemos metido en la final.

—Sí, de chiripa —intervino Yanara.

—¡Mirad lo que hago! —exclamó Violeta de repente.

Ante la sorpresa de Bob y las cuatro estrellas, la Star más joven se dio impulso sobre el parquet y, con una rápida pirueta, hizo la vertical apoyando una sola mano en el suelo.

El difícil paso le valió el aplauso de sus compañeras e incluso de Brenda desde la grada, pero Bob arrugó la frente con preocupación.

—Eso que acabas de hacer lo llaman *freeze*, porque el bailarín se queda congelado en una posición que parece imposible. ¿Dónde lo has aprendido?

—Con un tutorial de YouTube —respondió Violeta, muy orgullosa—. Jimmy dice que es muy arriesgado.

—Yo también lo creo... Chicas, antes de que os vayáis a duchar, quiero que me escuchéis bien. En un gran desafío como el de este sábado noche, tenéis que elegir entre dos opciones...

Las cinco rodeaban a Bob prestando máxima atención a lo que les decía.

—Podéis ser conservadoras y limitaros a hacer aquello que sabéis que no puede fallar, con lo que os aseguráis hacer un buen papel... o bien arriesgáis con movimientos que pueden salir mal y por lo tanto podéis tanto tocar la gloria como hacer un ridículo espantoso. Vosotras elegís.

—Es decir... —recapituló Sofía—. O bailamos para no fracasar, aunque no salgamos elegidas, o arriesgamos el todo por el todo.

—Eso mismo.

—¡Yo voto por arriesgar! —dijo Violeta levantando la mano—. No hemos venido aquí de paseo, ¿verdad? ¿Quién está conmigo?

Las cuatro Stars levantaron la mano.

Tercera en el turno de ducha de su habitación, Martina subió a la sala de informática a hacer tiempo.

Al conectar su Facebook, el corazón se le disparó al ver que tenía un mensaje privado de alguien en quien intentaba no pensar... especialmente desde lo sucedido en la noria.

Niko ✕

Por unos minutos solo...
De aquí un rato me ducharé y
volveremos a los ensayos. ¿Qué tal tú?

Ya he leído el Informer
¡Felicidades!
La verdad es que me he reído un rato...
Esas redactoras tienen muy mala
leche.

Sí, son un poco petardas.
Gracias por felicitarnos, pero aún no
hemos conseguio nada.

¿Llegar a la Gran Final
Entre las 24 participantes te parece
poco?

Habrá sido solo un sueño si al final
no ganamos, como todo el mundo
espera.

Niko

Pero un sueño al fin y al cabo.
¿Tú cómo esás?

Feliz con el stage.
Están pasando cosas importantes para mí.

¿Te refieres a esa futbolista nórdica?
Ya he visto tus fotos con ella.

¿Astrid?
Es buenísima.

Y está buenísima también, ¿no?

Oye, oye...
¿Estás celosa?

No tengo derecho a estarlo.
Tenemos un pacto, ¿recuerdas?

Sí...

Niko ✕

Ahora tengo que irme.
Gracias por escribirme, Niko.
Te he echado mucho de menos.

Y yoooooooo...
Respóndeme una sola cosa,
¡espera!
Ahora que llevas casi un mes en
Londres,
¿cómo ves lo nuestro desde la lejanía?

¿Lo nuestro?

Sí, tú y yo.

Lo veo como un «freeze».

¿Qué es eso?

Es algo que ha hecho mi
hermanita hoy en el gimnasio.

Se ha quedado congelada
en un movimiento imposible.
Creo que nosotros también estamos así.

30

Agotando la cuenta atrás

El último ensayo con Jimmy fue desastroso, pero él las calmó recordándoles la máxima del teatro: «Cuando el ensayo general sale mal, la primera función resulta un éxito».

No muy convencidas, a las cinco de la tarde las Stars abandonaron el parque de Earl's Court para refugiarse en la residencia. Bob les había aconsejado que se tomaran un día entero de descanso antes de la Gran Final.

Solo harían estiramientos y unos cuantos ejercicios de calentamiento el mismo sábado por la tarde, antes de que la limusina de las finalistas pasara a recogerlas por la entrada de The Dance Farm.

Aquello iba muy en serio.

—Quedan dos horas hasta las siete —dijo Jimmy a Martina al llegar a la puerta—. ¿Quieres dar un paseo conmigo antes de que os cierren la puerta?

—Vale... —dijo entre emocionada y nerviosa.

Sus amigas los despidieron con risitas y guiños antes de entrar en la residencia de estudiantes en su penúltimo día.

Pasara lo que pasase, el domingo volarían con Brenda de regreso a casa para empezar las vacaciones con sus familias, después de aquel julio lleno de emociones.

Jimmy la tomó de la mano mientras paseaban sin rumbo en aquella tarde radiante de viernes.

—Hay algo que quiero decirte.

—Pues dilo... —le contestó nerviosa.

—Pasado mañana volverás a casa, pero yo tengo que quedarme en la academia todo el mes de agosto, como mínimo. En septiembre habrá unas pruebas de selección muy duras. Hay un curso con un gran maestro de danza donde solo pueden entrar seis alumnos.

—Seguro que lo consigues —lo animó Martina—, ¡eres un crack!

—No es eso lo que me preocupa...

—¿Qué es entonces?

Él se detuvo bajo un sauce llorón que se descolgaba desde el jardín de una casa que parecía abandonada. La tomó de las manos antes de confesarle:

—Lo que me preocupa es que estaré todo el agosto sin verte... Igual más, si mi prueba de acceso sale bien.

—Estaremos en contacto —lo consoló Martina, que también sentía un vacío en el estómago solo de pensar en la separación—. Podemos charlar un ratito todas las noches por Skype.

—Sí..., buena idea, pero hay cosas que no pueden hacerse a través de una pantalla.

—¿Qué cosas? —preguntó ella con falsa ingenuidad.

Por toda respuesta Jimmy rodeó a Martina por la cintura y la atrajo suavemente hacia él.

Ella le pasó los brazos por el cuello, ayudando a que sus cabezas se acercaran hasta fundirse en un beso. A este le siguió otro. Y luego otro más, mucho más largo que los dos anteriores.

Martina se separó de él y, temblando de emoción, dijo:

—Se hace tarde y tengo que volver a la residencia.

—Claro... —murmuró él con las mejillas ardiendo—. Te acompaño hasta la puerta.

Mientras el atardecer convertía las calles de Londres en un escenario dorado, caminaron muy lentamente, como si no quisieran que aquel paseo terminara nunca.

Los dos se daban cuenta de que la cuenta atrás se precipitaba, y no solo para la gran final que tendría lugar en Hyde Park la noche siguiente.

También el amor que había nacido entre ellos, tras el tímido inicio en Ciudad Saturno, sufriría pronto la prueba de la separación, y eso era para ella más importante que cualquier otra cosa en el mundo.

Al menos aquella tarde.

Cuando se dieron el último beso frente a la puerta de la residencia, Martina supo que, al menos en el escenario del amor, su corazón ya había elegido al ganador.

Y era Jimmy.

31

La Gran Final

La emoción de lo que había vivido en Londres durante aquellas semanas, y muy especialmente la tarde anterior, hizo que Martina se sintiera aquel día con una energía triunfadora. Pasara lo que pasase en la gran final, ¡había sido una experiencia alucinante! Ganar podía ser el broche de oro que cerraría aquella aventura en Londres... Pero si no lo conseguían, tampoco pasaba nada. Los recuerdos de todo lo acontecido le acompañarían siempre como una estela mágica.

Como cinco puntas relucientes de una misma estrella, las

Saturno Stars se presentaron esta vez puntuales a la cita.

El combate que lo decidiría todo había llegado ya a su ecuador, y ellas contaban con el inconveniente —al menos en lo que a los nervios se refiere— de que serían las últimas en demostrar sus habilidades.

La gran fiesta que coronaría a las bailarinas de los BB Brothers se celebraría la primera noche de agosto en medio de un escenario espectacular.

Una veintena de cámaras de televisión rodeaban el amplio escenario sobre la Serpentine, el lago con forma de gusano de Hyde Park, donde las Top y las B-Girls ya habían mostrado sus artes en medio de la expectación mundial.

Las alemanas habían estado impecables, aunque sin mostrar novedades respecto a su última actuación, según habían comentado críticamente las bloggers especializadas. Por su parte, las B-Girls habían cometido un error de cálculo en uno de los pasos finales, acabando dos de las chicas en el suelo segundos antes de terminar el espectáculo.

El público que atestaba el parque había consolado a las chicas con un fuerte aplauso, pero las lágrimas con las que las norteamericanas bajaron del entarimado revelaban que ya se daban por descartadas.

Solo faltaban dos actuaciones para que los hermanos más adorados del planeta decidieran qué banda subiría al Olimpo de los sueños juveniles.

Las Saturno Stars vibraron de emoción cuando los primeros acordes de «Street Dance» retumbaron de nuevo en el parque con su ritmo atronador. Tras aquella actuación les tocaba el turno a ellas, ¡y todo el cuerpo les temblaba!

Martina sintió cómo su corazón latía a más revoluciones que el compás de la música.

Las Hipster Girls aparecieron en escena vestidas con unos pantalones negros, camisa, corbata y guantes. Su número empezaba de una forma extraña, cubriéndose el rostro unas a otras con sus sombreros. Tras una serie de movimientos muy rápidos y perfectamente sincronizados, en los que no dejaban ver su cara, de repente aparecieron unas máscaras blancas en sus rostros.

El público ovacionó a las chicas al entender que era un homenaje a *El fantasma de la ópera*, un musical que hacía treinta años que se representaba en el West End de Londres con gran éxito.

A partir de ahí las Hipster se lucieron encadenando pasos de otros musicales famosos, como *Cantando bajo la lluvia*, donde las chicas utilizaban el paraguas a modo de bastón de Twirling, o *Cats*, con bigotes pintados bajo el antifaz.

Lo más sorprendente de todo era lo bien que cuadraban sus pasos con la música de los BB Brothers.

En cada giro argumental las chicas cambiaban de vestuario de forma casi mágica. Bajo el atuendo inicial llevaban varias capas de ropa que iban liberando a medida que avanzaba la pieza, hasta quedarse con un maillot negro.

Con esta última prenda y el sombrero, las hipsters sorprendieron con un número espectacular de *Cabaret* lleno de giros precisos y pasos cargados de fuerza y sensualidad. Sus movimientos eran tan armónicos que dejaron al público con la boca abierta.

¡Con aquel homenaje a los grandes musicales se habían metido a todos en el bolsillo!

Después de aquella actuación, entusiasmar de nuevo a los asistentes era casi imposible...

Cuando el presentador anunció a las Saturno Stars, Martina se acordó de la abuela Fausti y del consejo que había recibido de ella en el aeropuerto. Durante aquel mes, Londres había conquistado su corazón ¡Ahora le tocaba a ella conquistar Londres! Sacó toda su fuerza y se propuso hacerlo lo mejor posible.

El único truco era sentir la música, disfrutarla y permitir que su alma hiciera volar su cuerpo. Martina se lo repitió mentalmente varias veces para infundirse valor mientras subían al escenario.

A punto de empezar su actuación, las cinco se miraron con más ilusión que temor. Martina divisó a Jimmy en las primeras filas y le dibujó un corazón, uniendo los dedos de ambas manos. El puertorriqueño le respondió soplándole un beso desde su palma.

Una vez en sus posiciones, cuando la música empezó a sonar, las Stars se entregaron por completo al baile. Lo habían ensayado tanto que nada podía salir mal...

La magia fluyó en el escenario nada más empezar la coreografía. Las Stars brillaban en cada paso. No solo lograban clavar el tempo en ocho pasos precisos y ejecutar los movimientos de forma limpia y sincronizada, ¡era algo más que eso! Bailaban como cinco amigas disfrutando como nunca de una energía que hacía temblar el escenario.

Un momento que hizo gritar de entusiasmo al público fue cuando las cinco repitieron el mismo paso, mirándose entre ellas como en un espejo poliédrico.

Aun concentrada en sus propios movimientos, Martina pudo percatarse de lo bien que lo hacían sus amigas. Quizá no tenían la elegancia de las Top, la elasticidad de las Bolshói o la técnica de las B-Girls... Pero la potencia y la electricidad de sus pasos rompía el escenario y ¡hacía vibrar al público entero!

Y todo ello sin perder la sonrisa, la chispa... o como diría la abuela Fausti: el duende. Sofía se atrevió incluso a reclamar palmadas al público para que siguieran el ritmo de la música en los compases finales.

Recibieron una nueva ovación al ejecutar su paso más difícil: un dominó en el que cada una de ellas caía de espaldas para que otra la recogiera a pocos centímetros de tocar el suelo. Aquel ejercicio requería una gran concentración para levantarse a tiempo de sujetar a la siguiente e impedir que acabaran unas encima de otras.

Había sido muy arriesgado introducirlo en la *coreo*, pero como les había dicho Jimmy: el triunfo es de los valientes, y no habían ido hasta Londres solo para pasearse y hacer una *coreo* de patio de colegio.

El momento más entrañable lo protagonizó Violeta al rapear el último estribillo. Lo hizo con tanta gracia, moviéndose a ritmo de hip-hop, que parte del público más cercano le hizo la ola.

Sin embargo, había una sorpresa reservada para el final, cuando Violeta acababa su intervención con un *freeze* de lo más rapero. El paso consistía en quedarse inmóvil durante unos segundos con una posición complicada: tumbada en el aire y apoyada con una sola mano en el suelo. Se requería mucha fuerza para hacerlo bien, y Bob le había aconsejado que solo lo hiciera si se sentía segura... El más mínimo temblor podía convertir su momento de gloria en un fracaso estrepitoso, como les había sucedido a las B-Girls, ¡justo al acabar la *coreo*!

Martina contuvo el aliento al ver que su hermana se lanzaba confiada con ese último paso... ¡y le salía perfecto! Se sintió tan orgullosa de ella que se le formó un nudo de emoción en la garganta.

Cuando la música cesó, Hyde Park entero enmudeció.

32

Dos bandas para dos hermanos

Estimadas Martina, Yanara, Sofía, Liu y Violeta:

Antes de nada, os queremos agradecer de todo corazón vuestro esfuerzo e ilusión durante este mes que habéis residido en The Dance Farm. ¡Sois una pasada!

Los dos sabemos que habéis entrenado hasta el límite de vuestras fuerzas con el objetivo de honrarnos con vuestro arte en el futuro videoclip de «Street Dance».

En vuestro caso, además, habéis tenido que soportar las trampas de unas rivales que no querían concursar de manera limpia en este desafío.

Esta tarde volaréis de regreso a casa y, por eso, hemos querido comunicaros personalmente el veredicto de la gran final de ayer.

Creemos que no os esperáis lo que tenemos que deciros...

Tenemos una buena noticia para vosotras, pero también una no tan buena. ¿Por cuál empezar? ¡Como siempre, por la buena!

Habéis sido elegidas para bailar en nuestro videoclip «Street Dance», que se filmará esta Navidad en las calles de Nueva York. La productora se pondrá en contacto con vuestras familias este mes de agosto para concretar los detalles del viaje y la estancia, que será de dos semanas con todo cubierto.

Imaginamos que estaréis bailando de alegría al saber esto, pero aún os falta saber la noticia no tan buena...

No sois las únicas que vais a viajar a Nueva York para filmar el videoclip. Las Hipster Girls también han superado la prueba y participarán en la grabación. Cómo se coordinará todo eso es un asunto que ahora dejamos en manos de nuestra productora.

El motivo de este empate es que cada uno de nosotros, los BB Brothers como nos llamáis, ha elegido a una banda distinta.

Uno de nosotros apuesta fuerte por las Hipster Girls, por el mérito de su espectáculo y los bellos homenajes que fueron capaces de hilar en su baile.

El otro ha decidido que las Saturno Stars merecen estar en el videoclip, por la pasión desplegada en vuestra coreografía, la complicidad entre las bailarinas, tan diferentes entre vosotras, y los riesgos que habéis corrido con algunos movimientos realmente difíciles.

No os desvelaremos, ni ahora ni nunca, quién ha elegido a quién, pero que las dos bandas viajen a Estados Unidos nos ha parecido la mejor solución, dadas las circunstancias.

¡Vamos a celebrar la Navidad juntos cuando se encienda el abeto del Rockefeller Center!

Muchas gracias por existir, Saturno Stars. Nos sentimos muy orgullosos y afortunados de teneros dos semanas con nosotros. Estad preparadas, porque habrá sorpresas...

Siempre vuestros,

BRIAN & Brandon

NEW YORK
Saturno stars
NEW
YORK

33

En las nubes

Desde que el Airbus 320 había despegado del aeropuerto de Heathrow, aquella carta no había parado de pasar de mano en mano. Incluso Brenda la había leído ya tres veces.

—Espero que me elijáis como tutora estas Navidades... —dijo con una sonrisa boba en el rostro—. ¡Nunca he estado en Nueva York!

—Será por lo mucho que te lo has currado aquí en Londres... —se burló Yanara—. Aparte de enrollarte con nuestro entrenador, ¿qué más has hecho?

—Oye, no es momento de ser desagradable —la riñó Sofía—. Estamos de celebración, ¿no? De hecho... —Desvió sus ojos castaños a la ventanilla antes de concluir—: ¡Estamos en las nubes!

—Aún no hemos ido a Nueva York y a Yanara ya se le ha subido la fama a la cabeza —bromeó Violeta—. Ahora trata mal al servicio, como las estrellas chungas.

—¡Oye, no os paséis! —protestó la aludida.

—Sí, dejémoslo aquí... —zanjó Brenda, muy molesta.

El resto del vuelo estuvieron comentando, muy emocionadas, aquel notición y el privilegio alucinante que significaba tener una carta escrita por los mismísimos BB Brothers.

Aquel regalo, más allá de lo que iban a vivir cuatro meses más tarde, planteaba sin embargo un problema importante: ¿quién iba a quedarse con la carta una vez llegaran a Ciudad Saturno?

—La tenemos que guardar nosotras —dijo Violeta—, porque somos dos y vivimos juntas. Así estará en manos de casi la mitad de las Stars.

—¡Y un pimiento! —protestó Yanara—. Yo debería guardar esa carta. Primero, porque sin mí nunca habríais ganado, pero también porque soy la mayor de las cinco.

—Solo tienes un mes y dos días más que yo —recalcó Martina irritada.

—Pues yo creo que me correspondería a mí guardar la carta —espetó Liu, que se maldecía por haber estado inconsciente cuando su amado Brian la tenía en brazos—. Además de todos los ensayos, he tenido el trabajo extra de haceros los vestidos. ¿No creéis que me lo merezco?

—Tienes razón —la apoyó Sofía—. Yo creo que la carta la tienes que guardar tú.

De todas las Saturno Stars, ella era la única que no tenía ningún interés en quedarse con aquel folio impreso por las dos caras, por mucho que estuviera firmado por Brian y Brandon. Guardaba en su mochila de mano algo mucho más valioso para ella...

Una fotografía que el propio Markus le había entregado al bajar del escenario tras felicitarla con un beso en la frente.

En el reverso había escrito de su puño y letra:

—¡De eso nada, monada! —bramó Yanara—. Tú quieres quedarte la carta para tener ventaja sobre mí, Liu. Y no lo pienso tolerar... Desde que te recogió en brazos, porque es un caballero y no sospecha que todo fue cuento, ya piensas que Brian es tuyo.

Brenda les arrancó la carta de las manos antes de que se enzarzaran en una pelea en medio de los escandalizados pasajeros del avión.

—¡Se acabó! De momento, me quedaré yo con esta maldita carta. Cuando os comportéis como buenas compañeras os la devolveré. He decidido que cada una la tendrá una semana, ¿de acuerdo?

—Esa es una buena solución —la felicitó Violeta—. ¿Podemos tenerla primero nosotras? Como somos dos nos tocaría guardarla dos semanas...

—¡Vaya morro! —protestó Liu.

—Yo decidiré los turnos cuando volváis a ser amigas —insistió Brenda mientras sujetaba la carta con las manos—. No pienso repetirlo. Y si no, la rompo en cinco pedacitos y así todas contentas.

—¡Nooo! —gritaron a la vez cuando la canguro hizo el ademán de hacerlo.

Yanara y Liu se cruzaron una mirada que era puro fuego. Finalmente, la estilista de las Stars levantó la palma izquierda en son de paz y sonrió a la fashion, que le chocó la mano para zanjar —de momento— aquella trifulca.

En ese instante la luz que indicaba que había que abrocharse el cinturón se encendió: pasaban por una zona de turbulencias. Al buscar el broche metálico, Martina notó un bultito en su bolsillo. Era el colgante del infinito que Niko le había regalado antes de partir a Londres. Le sorprendió no haberse acordado de aquel amuleto en todo ese tiempo... Se preguntó si le habría dado suerte desde el bolsillo de sus shorts o si tal vez ni siquiera lo había necesitado. ¡Hacía días que ni siquiera pensaba en Niko! Concretamente desde la noche que había subido a aquella noria con Jimmy.

Un sentimiento de tristeza la invadió al pensar en el tiempo que estarían sin verse. Aunque había ido a un curso de verano, Martina sabía que su gran talento estaba destinado a estar lejos de un barrio pequeño como Ciudad Saturno. Tal y como le había avanzado por WhatsApp, quizá le alargaran la beca de danza a un año completo.

Tras un silencio, en el que cada estrella parecía sumida en sus pensamientos, Yanara giró la cabeza hacia el asiento de atrás para que todas pudieran oír lo que tenía que decirles:

—Sé que falta mucho para que vayamos a Nueva York como estrellas de verdad, pero... quiero advertiros de algo.

—¿De qué? —preguntó Martina levantando la cabeza sobre el respaldo de delante.

—Estoy segura de que no fueron las Bolshói las que nos la jugaron... He llegado a esta conclusión esta mañana, mientras daba la última vuelta por la residencia.

—¿Qué te ha hecho pensar eso?

Todas las chicas, también Brenda, escuchaban a Yanara con los ojos muy abiertos.

—He descubierto dónde está el cuadro de mandos que controla las alarmas y el sistema antiincendios. Adivinad... En la cuarta planta, justo al lado de la habitación de las Hipster Girls. Desde allí encontraron la manera de mandarnos el diluvio y luego se encerraron en su cuarto a hacerse las dormidas.

Las Stars reaccionaron ante aquella revelación con gritos de sorpresa y furia.

—Es muy posible, ahora que lo dices —comentó Martina—. Nunca me creí que las Bolshói pudieran jugar tan sucio. No les pega... Pero ¿por qué estaba entonces el bote de cemento líquido en su armario?

—Está claro... —intervino Liu—. Las hipsters encontraron la manera de entrar en su habitación y dejarlo allí. Así mataban dos pájaros de un tiro: nos sacaban a nosotras del medio y, de paso, eliminaban a la banda con más posibilidades.

Un silencio tenso se instaló entre ellas mientras el avión ya iniciaba la maniobra de descenso.

—Solo os diré esto —terminó Yanara—: mucho cuidado con esas bichejas en los quince días que estaremos en Estados Unidos, porque van a hacer todo lo que esté en sus manos y más para destruirnos.

El estallido de un trueno cercano hizo temblar todo el avión, provocando el pánico entre los pasajeros.

Segundos después, la voz enlatada de una azafata anunció:

—Abróchense los cinturones, vamos a aterrizar.

Continuará...

Yes, we
DANCE
ESTHER SANZ
¡Juntas
para ganar!

Yes, we
DANCE
ESTHER SANZ
Destino:
Londres

¡Descubre El Club de las Zapatillas Rojas!

El Club de las
ZAPATILLAS ROJAS
¡Somos the best!
ANA PUNSET

El Club de las
ZAPATILLAS ROJAS
¡Una semana increíble!
ANA PUNSET

El Club de las
ZAPATILLAS ROJAS
¡El mundo es nuestro!
ANA PUNSET